中国历代恋情诗
长相思
王思宇 选注
辽宁人民出版社

图书在版编目（CIP）数据

长相思：中国历代恋情诗 / 王思宇选注. 一沈阳：辽宁人民出版社，2018.10（2024.1 重印）
（中国历代古诗类选丛书）
ISBN 978-7-205-09353-2

Ⅰ.①长… Ⅱ.①王… Ⅲ.①古典诗歌－诗集－中国 Ⅳ.①I222

中国版本图书馆 CIP 数据核字 (2018) 第 162873 号

出版发行：辽宁人民出版社
地址：沈阳市和平区十一纬路 25 号　邮编：110003
电话：024-23284321（邮　购）　024-23284324（发行部）
传真：024-23284191（发行部）　024-23284304（办公室）
http://www.lnpph.com.cn
印　　刷：辽宁新华印务有限公司
幅面尺寸：145mm × 210mm
印　　张：9.75
字　　数：214 千字
出版时间：2018 年 10 月第 1 版
印刷时间：2024 年 1 月第 3 次印刷
责任编辑：娄　瓴
助理编辑：贾妙笙
装帧设计：丁末末
责任校对：刘宝华
书　　号：ISBN 978-7-205-09353-2

定　　价：70.00 元

宋　无款　桃花鸳鸯图轴

清　马荃　花鸟草虫图

明　陈洪绶　荷花鸳鸯图轴

清　禹之鼎　闲敲棋子图轴

清　华嵒　荷花鸳鸯图轴

清　华喦　桃花鸳鸯图轴

恋情是人类生活的美好花朵。几乎每个人都有自己的恋情，每个人的心灵都经历过男女情爱的震动。正因为如此，历来诗歌都把恋情作为热烈歌颂的主题。在我国古代诗歌的百花园中，恋情之歌这朵鲜花，也开得特别芬芳艳丽。

我国古代的恋情诗，源流最久远，作品极丰富，作者最广泛。而且由于恋情这一题材的极大普及性，还给它带来一个突出的特点：始终分成民间创作和文人创作两个系统向前发展。

在我国古代诗歌中，首先闪耀出夺目光辉的，就有恋情诗。早在公元前11世纪就开始产生的我国第一部诗歌总集《诗经》，在它的精华"国风"当中，比例最大、成就最高的，就是歌咏恋情的情歌。稍晚于《诗经》的屈原的《九歌》，其中描写神与神、神与人的恋情的作品，也是光耀千古的不朽之作。这两部分作品，前者主要产生在北方，基本上是民间的创作；后者产生在南方，虽然其中含有民间创作的素材，更多的却是作家的创造。它们一北一南，先后辉映，成为民间创作系统和文人创作系统的最初的代表。先秦以后，民间创作系统由两汉乐府到魏晋南北朝乐府，到唐五代曲子词，直到明清的民歌，有过不少次高潮；文人创作系统在屈原以后，历代部有大量描写恋情的作品，并且还出现了李商隐、黄景仁等以恋情诗著称的诗人。当然，这两个系统，并不是彼此孤立发展的，它们随时都在互相渗透、互相影响：在民间创作中，可以看到受文人创作影响的痕迹，历代许多大作家，如李白、白居易、刘禹锡、王夫之、王士祯、蒲松龄等等，都学习民歌的体裁和精神，写过不少歌咏恋情的诗篇。正是这两个系统的共同发展，促进了我国古代恋情诗的极大繁荣。

就像万紫千红的百花一样，我国古代的恋情诗，在思想内容和艺术形式方面，都非常丰富多彩，取得了极高的成就。这些作品用生动形象的语言，描绘了社会各个阶层、各种职业的人们的动人恋情，刻画了各种恋情主人公的曲折复杂的心理状态。同样是劳动者的恋情，《诗经》中的《野有死麕》同南朝乐府的《拔蒲》，就各有各的特色，两者绝不雷同；同样是邂逅中萌生相互倾慕之心，《诗经》中的《野有蔓草》同繁钦的《定情诗》(以上所举各篇均见本书)，却各有各的风采，人物性格很不一样。情侣们一起嬉戏的欢乐，别离时的依依不舍，分别后刻骨铭心的思念，相会前的焦急的等待，对美满的爱情生活的憧憬，被幽禁在深宫中和寺院里的宫女和女冠对美好爱情的渴望和追求，遭受封建势力约束、压抑和迫害的青年男女对社会、家庭的不满和抗争，等等，这些普遍性的题材，在不同的作品中，都显得千姿万态，成为许许多多可喜、可惊、可悲、可叹、可歌、可泣的优美迷人、惊心动魄的场面。这些作品，有的是用欢乐写成的，有的是用痛苦写成的，像书中选录的《华山畿》和唐代太原妓的《寄欧阳詹》，更是用生命写成的。这些作品的具体内容虽然并不相同，但它却有一个共同的特点和主题：就是用发自内心的真挚的语言，歌颂爱情的纯洁、美好和坚贞。这正是我国古代优秀恋情诗的灵魂，也是它之所以感人的最根本的原因。

从作品的整体风格看，民间创作大都感情热烈坦率，语言朴素自然，风格清新明快；文人创作思想感情大都比较缠绵悱恻，表现手法较为委婉曲折。因为民间创作、文人创作的恋情诗，艺术成就都极高，它们对后代诗歌都产生了巨大的影响。像《诗经》、屈原《九歌》和两汉以来的恋情诗创造的许多艺术手法，如比兴手法、以景写情、寓情于景、环境烘托、侧面渲染、对比描写等等，都被后代诗人广泛采用。

顺便讲几句，屈原以后，最杰出的爱情诗人是李商隐和黄景仁。李商隐过去人们讲得较多，黄景仁却很少有人提起。黄景仁字仲则，他在生前即被公认为是乾隆时代最杰出的诗人。他回忆过去恋爱经历的《感旧四首》《感旧杂诗》和《绮怀》等诗，风格同李商隐相近，不过旨意较为明朗，不像李商隐那样晦涩。共同的特点是感情真挚深厚，都是着意于人物内心世界的刻画，而不像香奁体那样去写人物的服饰外貌，也不像西昆体那样单纯堆砌典故，缺乏真实的感情。他和李商隐的优秀恋情诗，可以同《诗经》《九歌》并传不朽。

由于这套丛书内容的分工，本书只选男女恋情之作，属于夫妻方面的内容，则不予选录。当然这只是大体而言，因为许多作品，两者的区分并不明显。又，因为本书只选诗作，明清民歌近于词曲，所以也未选入。

由于水平所限，选目和注释一定会有不当和错误，恳希读者指正。

王思宇

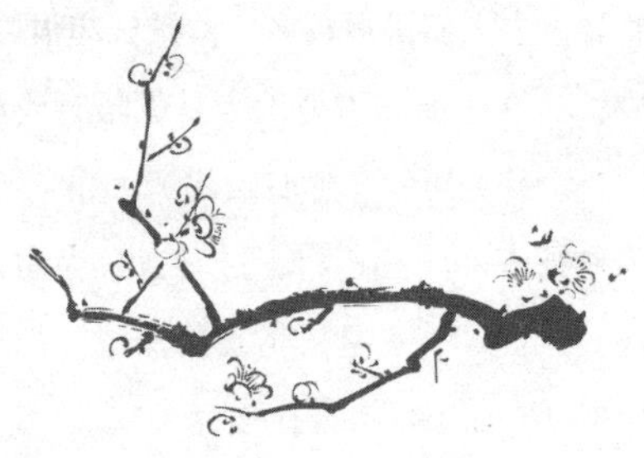

目录

詩經卷之一

國風一

周南一之一

雎七余反鳩音九窈音杳窕徒了反逑音求參初金反差楚宜反荇音杏下孟反寤五故反輾哲善反

○關關雎鳩在河之洲窈窕淑女君子好逑與也

○參差荇菜左右流之窈窕淑女寤寐求之求之不得寤寐思服悠哉悠哉輾轉反側與也

○參差荇菜左右采之窈窕淑女琴瑟

关　雎[1]

[先秦]

《诗经·周南》

关关雎鸠，在河之洲[2]。

窈窕淑女，君子好逑[3]。

参差荇菜，左右流之[4]。

窈窕淑女，寤寐求之[5]。

求之不得，寤寐思服[6]。

悠哉悠哉，辗转反侧[7]。

参差荇菜，左右采之。

窈窕淑女，琴瑟友之[8]。

参差荇菜，左右芼之[9]。

窈窕淑女，钟鼓乐之[10]。

注释

1　这是《诗经》的第一篇，对后代影响极大。《诗经》各篇的篇名，都是截取篇中的字或句（多半截取首句）而成，别无其他含意。本篇是写男子追求女子的优美情歌。诗中的青年在河边见到一位采荇菜的姑娘，被她的勤劳、美丽所倾倒，天天去那里看她，日夜思念不已，热切希望同她结成终身伴侣。

2　关关：雌鸟雄鸟相和鸣叫声。雎（jū）鸠：水鸟名，一名王雎，俗称鱼鹰。色苍黑，喜食鱼类。相传此鸟情意专一，配偶固定，一鸟死去，另一鸟即不食而死，故诗中用来起兴（兴是用一种事物引出、兴起与它意义有关联的另一种事物的表现手法），引出男女思慕之情。洲：水中的陆地。

3　窈窕（yǎo tiǎo）：美好的样子。淑女：贤良的姑娘。淑：善，人品好。君子：这里是对贵族男子的通称。在其他地方，君子还用作对有才德的人的称呼和妻子对丈夫的称呼。逑（qiú）：配偶。“好”解作美好或喜爱（爱慕而希望结成配偶）均可通。

4　参差（cēn cī）：长短不齐。荇（xìng）：水生植物，根生水底，茎如钗股，上青下白，叶紫赤，圆径寸余，浮在水面，可食。流：通“摎”，捋取。“左右流之”同下文“左右采之”“左右芼之”写女子动作敏捷，心灵手巧，并见出女子多次去采，男子多次往候。

5　寤（wù）：醒着。寐（mèi）：睡着。

6　思服：思念。“服”也是思念的意思。

7　悠：长。哉：感叹词。辗转反侧：在床上翻来覆去不能入睡。

辗、反、侧都是转的意思。朱熹《诗集传》："辗者，转之半；转者，辗之周；反者，辗之过；侧者，转之留。皆卧不安席之意。"

8　琴瑟（sè）友之：弹琴奏瑟同她亲近。琴、瑟均为弦乐器，琴五弦或七弦，瑟二十五弦。

9　芼（mào）：择取，挑拣。

10　钟鼓乐之：敲钟打鼓使她欢乐。第三章写想象中迎娶女子情景，见男子思念之甚。

| 延伸阅读 |

皇后阁春帖子祠五首（其一）

［宋］真德秀

沼泽春融冰半澌，偶观流荇已参差。

因时有感关雎咏，寤寐难忘窈窕思。

汉 广[1]

［先秦］

《诗经·周南》

南有乔木，不可休思[2]。
汉有游女，不可求思[3]。
汉之广矣，不可泳思[4]！
江之永矣，不可方思[5]！
翘翘错薪，言刈其楚[6]。
之子于归，言秣其马[7]。
汉之广矣，不可泳思！
江之永矣，不可方思！
翘翘错薪，言刈其蒌[8]。
之子于归，言秣其驹。
汉之广矣，不可泳思！
江之永矣，不可方思！

注释

1　此诗的男子把所爱的姑娘比作汉水女神，认为要追求到她根本没有可能。诗用比喻和暗示，反复咏叹，抒发他的惆怅，实际上仍在不懈地追求。

2　南：指江汉流域，相对于中原为南方。乔木：树干高大的树木。树高下少荫凉，故言不可休息。思：语助词，无义。

3　汉：今湖北汉水。游女：指汉水神女。传说周人郑父甫曾于汉水岸上遇二女，女以所佩二珠相赠。（见《韩诗外传》）诗中以喻男子所爱之人。

4　泳：泅渡，游过。

5　江：古代专指长江，也称大江、江水。永：长。方：用竹、木编成的筏子渡水叫方。第一章用乔木不可休，江、汉不可渡，比喻所爱之人无法追求。

6　翘翘：高大的样子。错：杂乱。薪：柴。言：语助词，无义。刈（yì）：割取。楚：植物名，又名荆，落叶灌木。

7　之子：这个人。指所爱的姑娘。子，对人的敬称，古代男、女均可称“子”。于：语助词。归：女子出嫁。秣（mèi，又读 mò）：喂马。马，古读 mǔ，与“楚”押韵。第二章写男子一边砍柴，一边在想：如果那个女子愿意嫁给我，就把马儿喂饱，前往迎娶。但这是不可能的，故下文仍叹其不可求。

8　蒌：蒌蒿，又名白蒿。此处读 lǘ，与驹押韵。此章与第二章意同。

摽有梅[1]

［先秦］

《诗经 · 召南》

摽有梅，其实七兮[2]！
求我庶士，迨其吉兮[3]！
摽有梅，其实三兮[4]！
求我庶士，迨其今兮[5]！
摽有梅，倾筐塈之[6]！
求我庶士，迨其谓之[7]！

注释

1 本篇是女子求偶之辞。诗以梅子成熟喻女已长成，以梅子坠地喻青春消逝，希望小伙子早来求婚。三章诗意，层层推进。

2 摽（biào）：坠落。有：语助词。梅：指梅的果实。其实七兮：谓树上还剩下七成果实。比喻青春逝去不多。兮（xī）：语助词，相当于现代汉语中的“啊”。

3 庶：众。士：指未婚男子。迨：及，趁着。吉：吉日。这两句是说，希望想求婚的小伙子，不要错过吉日良辰。

4　其实三分：谓树上只剩下三分果实。比喻青春所余无几。

5　迨其今兮：犹言今天就来吧！谓不必等待吉日方来。

6　顷筐：浅口的筐子。塈（jì）：“摡”的假借字，取。言梅的果实坠地更多，须用筐子收取。

7　迨其谓之：犹言只等你开口！谓：告语。言只要告诉女方，即可定下婚约，不须再有其他礼节。一说，“谓”读为 huì。古代风俗，男三十未娶、女二十未嫁者，可在每年仲春（二月）的聚会上自行择偶，不必照正常礼制婚配。

| 延伸阅读 |

琴曲歌辞 · 明月歌

［唐］阎朝隐

梅花雪白柳叶黄，
云雾四起月苍苍，
箭水泠泠刻漏长。
挥玉指，拂罗裳，
为君一奏楚明光。

野有死麕[1]

[先秦]

《诗经 · 召南》

野有死麕，白茅包之[2]。

有女怀春，吉士诱之[3]。

林有朴樕，野有死鹿[4]。

白茅纯束，有女如玉[5]。

舒而脱脱兮，无感我帨兮，

无使尨也吠[6]。

注释

1 此诗写一个猎人向姑娘求爱，由于他的英俊勇敢，终于赢得她的爱情。第三章写姑娘约他相会，活画出少女既喜悦又担心的心理。

2 麕（jūn）：即獐子。白茅：草名，俗称茅草，春夏间开银白色茸毛状花穗。

3 怀春：情欲萌发。吉士：犹美士，漂亮的男子，指猎获獐子的猎人。

4　朴樕（sù）：小树。谓猎人砍下林中小树作柴。

5　纯（kǔn）束：捆绑。纯是“稛”的假借字，与束同义。谓用茅草将小树、死鹿捆在一起。玉：形容女子纯洁美好。以上两节均写猎人和女子在野外相遇情景。

6　舒而：慢慢地。“而”犹“然”。脱(duì)脱：舒缓的样子。感：通“撼”，触动。帨（shuì）：佩巾，系在身子左边，以供擦拭不洁，类似今之围腰。尨（máng）：长毛狗。这一章全是女子叮嘱猎人的话，叫他来幽会时行动要轻，不要冒失鲁莽，不要惹得狗叫。

| 延伸阅读 |

卓女怨

［唐］卢　仝

妾本怀春女，春愁不自任。

迷魂随凤客，娇思入琴心。

托援交情重，当垆酌意深。

谁家有夫婿，作赋得黄金。

静　女[1]

［先秦］

《诗经·邶风》

静女其姝，俟我于城隅[2]。
爱而不见，搔首踟蹰[3]。
静女其娈，贻我彤管[4]。
彤管有炜，说怿女美[5]。
自牧归荑，洵美且异[6]。
匪女之为美，美人之贻[7]。

注释

1　这是男子写他同恋人幽会的诗。姑娘有意躲藏起来这个细节，表现出她的活泼、聪慧和美丽，“搔首踟蹰”四字，活画出男子的焦灼不安，全系实录，绝不做作，堪称传神之笔。

2　静：娴雅。姝（shū）：美丽。城隅：城上的角楼，极幽僻。

3　爱：“薆”的假借字，隐蔽。而：犹“然”，副词或形容词语尾。搔首踟蹰（chí chú）：形容未见所爱之人的焦急惶惑神态。搔：用手抓挠。踟蹰：犹豫不前。

4 娈（luán）：美好。贻（yí）：赠送。彤（tóng）管：未详何物。有的说是红色（彤是红色）的笔，有的说是涂成红色的管乐器，有人说是一种草，至今尚无定论。

5 炜（wěi）：红而光亮。说怿（yuè yì）：喜爱。“说”同“悦”，“怿”与“悦”同义。女：同“汝”，指彤管。

6 牧：牧场。归：读 kuì，赠予。荑（tí）：初生的白嫩茅草。句意是说女子从野外采来白茅赠给男子。洵（xún）：诚然，实在是。异：奇异。

7 匪：同“非”。女：同“汝”，指荑。这两句包括上文的彤管而言，意谓并不是彤管和荑特别美好，因为它们是心爱的人所赠，所以弥足珍贵。

| 延伸阅读 |

会真记

[唐] 元 稹

待月西厢下，迎风户半开。

拂墙花影动，疑是玉人来。

柏舟[1]

[先秦]

《诗经·鄘风》

泛彼柏舟，在彼中河[2]。
髧彼两髦，实维我仪[3]。
之死矢靡它[4]！
母也天只！不谅人只[5]！
泛彼柏舟，在彼河侧。
髧彼两髦，实维我特[6]。
之死矢靡慝[7]！
母也天只！不谅人只！

注释

1　此诗写少女要求婚姻自主，至死不改变主意。感情悲愤激烈，读来震撼人心。

2　泛：漂流。柏舟：柏木制成的船。中河：河的中央。下章“河侧”为河边。

3　髧（dàn）：头发下垂的样子。髦（máo）：齐眉的长发。古代未成年的男子，留发齐眉，分向两边，盖住囟（xìn）门，所以称为“两髦”。维：为，是。仪：匹配，指配偶。古音读 é。“髧彼”两句说，（那船上）长发齐眉的青年，才是我心中的对象。

4　之死矢靡它：犹言至死不变心。之：到，至。矢：誓。靡它：没有它心，没有二心。成语“之死靡它”即出自此句。

5　“母也”二句：犹言我的娘呀！我的天呀！不体谅人家的心思呀！“也”和“只”都是语助词。

6　特：义同“仪”。

7　慝（tè）：“忒”的假借字，改变。

桑中[1]

［先秦］

《诗经·鄘风》

爰采唐矣？沬之乡矣[2]。
云谁之思？美孟姜矣[3]。
期我乎桑中，要我乎上宫，
送我乎淇之上矣[4]。
爰采麦矣？沬之北矣。
云谁之思？美孟弋矣。
期我乎桑中，要我乎上宫，
送我乎淇之上矣。
爰采葑矣？沬之东矣[5]。
云谁之思？美孟庸矣。
期我乎桑中，要我乎上宫，
送我乎淇之上矣。

注释

1　此诗的男子一边劳动，一边歌咏他和情人的幽会。全诗三章，诗意相同，反复抒发他对情人的思念，反复赞美情人情意深长。声律严整而又有变化，读来特别动听，大大增强了作品的感染力。

2　爰：疑问代词，于何，在何处。唐：即蒙菜，一名菟丝，种子可供药用。沬（mèi）：卫国城邑名，即《尚书·周书·酒诰》中的“沬邦”（一作妹邦），今河南淇县北有妹乡，即其地。“沬之乡”犹言沬那个地方。

3　云：语助词。谁之思：即思谁。孟姜：宋代朱熹说，“孟”是排行中最年长的，“姜”是齐女（齐国国君姓姜，故以“孟姜”称齐君之长女，也用以通称贵族妇女），诗中用来言其人为贵族。第二章的“弋（yì）”《春秋》也写作“姒”，为杞国之女，是夏后氏的后裔，也是贵族。第三章的“庸”未听说，疑也是贵族。（见《诗集传》）范处义说：“鄘”本庸姓之国，则“庸”亦为贵族。（见《诗补传》）按：孟姜、孟弋、孟庸实际即指一人，就是借指诗中男子的情人，举贵族女子为喻，是为了把她说得很尊贵。

4　桑中：桑林之中。要：通“邀”。上宫：指楼。清姚际恒《诗经通论》：“‘上宫’，《孟子》‘馆于上宫’，赵岐注：‘楼也’。谓期于桑中，要于桑中之楼上也。”朱熹认为是沬乡的小地名。淇：卫国水名，即今河南北部的淇水。

5　葑（fēng）：蔓菁。

木　瓜[1]

［先秦］

《诗经·卫风》

投我以木瓜，报之以琼琚[2]。
匪报也，永以为好也[3]！
投我以木桃，报之以琼瑶。
匪报也，永以为好也！
投我以木李，报之以琼玖。
匪报也，永以为好也！

注释

1　这是青年男女互相赠物以定情的诗，诗是男子的口吻。诗中只写了相互赠物这个简单的情节，不作任何修饰，不加半点渲染，感情真挚，朴实自然，极清新可爱。

2　“投我”二句：你投赠我木瓜，我拿珮玉回报。木瓜：蔷薇科植物，落叶灌木或小乔木。诗中指果实，椭圆形，长二三寸，可食。二三两章的“木桃”即桃子，“木李”即李子，为了同“木瓜”一律，所以加一个“木”字。由此可以看出，这是写劳动生活中的爱情生活：一个女子在采摘木瓜时，以木瓜投赠所爱的男子，男子以佩玉回赠。如果事先想好要送人东西，绝不会找了木瓜、木桃、木李这些极平常的东西作为赠物。“投”就是扔给人，又像是送，又像无意中扔去，写女子不好意思，极生动。琼：赤玉。琚（jū）：佩玉名。“琼琚”和二三两章的“琼瑶”“琼玖（jiǔ）”均指佩玉。

3　“匪报”二句：不是回报，愿我们永远相好。

|延伸阅读|

女曰鸡鸣

［先秦］《诗经·郑风》

女曰鸡鸣，士曰昧旦。
子兴视夜，明星有烂。
将翱将翔，弋凫与雁。
弋言加之，与子宜之。
宜言饮酒，与子偕老。
琴瑟在御，莫不静好。
知子之来之，杂佩以赠之。
知子之顺之，杂佩以问之。
知子之好之，杂佩以报之。

采　葛[1]

［先秦］

《诗经·王风》

彼采葛兮，一日不见，如三月兮[2]！

彼采萧兮，一日不见，如三秋兮[3]！

彼采艾兮，一日不见，如三岁兮[4]！

注释

1　这是一首情歌。采葛、采萧、采艾这类劳动，一般由女子承担，据此推断写诗的应是男子，抒写对恋人的刻骨思念。诗中不写怀念的具体情况，只从不见其人时间如何难挨这一点，反复歌咏，情意不断加深。“三月”“三秋”“三岁”同通常的夸张有所不同，是作者的真实感受，人们常说的“度日如年”，就是讲的这种境界。

2　彼采葛兮：那采葛的人。指所恋的女子。葛：一种藤科植物，根可食，茎皮纤维可织葛布。

3　萧：蒿的一种，草本植物，有香气，古代采作祭祀用。三秋：通常以一秋为一年。但从此诗上下文看，诗中所举的时间是依次递增的，一秋当长于一月而短于一年，应是指一个秋季，“三秋”意同三季，即九个月。

4　艾：又名艾蒿，叶可入药，既可内服，也可烧之灸（jiǔ）病。

| 延伸阅读 |

长斋月满寄思黯

［唐］白居易

一日不见如三月，一月相思如七年。
似隔山河千里地，仍当风雨九秋天。
明朝斋满相寻去，挈榼抱衾同醉眠。

大　车[1]

［先秦］

《诗经·王风》

大车槛槛，毳衣如菼[2]。
岂不尔思？畏子不敢[3]。
火车哼哼，毳衣如璊[4]。
岂不尔思？畏子不奔[5]。
穀则异室，死则同穴[6]。
谓予不信，有如皦日[7]。

注释

1　这是一个姑娘争取婚姻自主的誓言。这个姑娘比《鄘风·柏舟》中那个女子还要刚烈，她说：如果活着不能结成终身伴侣，死了也要同他埋在一起！

2　槛（kǎn）槛：车行声。因诗中说“奔”，故以此起兴。毳（cuì）衣：车帷，用毛织成。菼（tǎn）：初生芦苇。形容车帷青绿鲜亮。

3　岂不尔思：即岂不思尔，古代汉语表疑问时，将宾语提到谓语（动词）之前。尔：你，指女子所爱的男子。“畏子”的“子”也指此男子。不敢：指次章讲的私奔而言。女子看见大车行进，想到情人不敢同她私奔，故发为悲叹。朱熹将“子”解为大夫，谓女子因畏惧大夫而不敢私奔，此与末章所写女子之激烈似不甚合。

4　啍（tūn）啍：车行声。璊（mén）：玉赤色。

5　舞：私奔。

6　穀：活着。异室：异室而居，指不能结为夫妻。穴：墓穴。

7　“谓予”二句：如果说我所言不真，我敢指白日发誓！如：似。皦：同“皎”，白。

｜延伸阅读｜

咏　怀

［宋］梅尧臣

西方有鸟鼠，生死同穴居。

物理固不测，孰言飞走殊。

雄雌岂相匹，饮啄岂相须。

一为枝上鸣，一为莽下趋。

苟合而异向，世道当何如。

缁衣[1]

［先秦］

《诗经·郑风》

缁衣之宜兮，敝，予又改为兮[2]。

适子之馆兮，还，予授子之粲兮[3]。

缁衣之好兮，敝，予又改造兮。

适子之馆兮，还，予授子之粲兮。

缁衣之蓆兮，敝，予又改作兮。

适子之馆兮，还，予授子之粲兮。

注释

1　这是女子唱的一首深情的歌。缝衣、送餐这两个极平常的生活细节，表现了她对恋人的情意像江海一样深长。

2　缁（zī）：黑色。宜：美好而又合体。末章的“蓆”是宽大舒适之意。敝：破旧。予：我，女子自称。改为：另缝新衣。

3　适：往，到。子：你，指女子所爱的男子。馆：男子住处。还：回还，回头再来。粲：“餐”的假借字。一说为碾制精细的米，喻所送食物的精美。

将仲子[1]

［先秦］

《诗经·郑风》

将仲子兮，无窬我里，无折我树杞[2]。

岂敢爱之[3]？畏我父母。

仲可怀也，父母之言亦可畏也。

将仲子兮，无窬我墙，无折我树桑。

岂敢爱之？畏我诸兄。

仲可怀也，诸兄之言亦可畏也。

将仲子兮，无窬我园，无折我树檀。

岂敢爱之？畏人之多言。

仲可怀也，人之多言亦可畏也。

注释

1　这是女子赠给所爱男子的情诗。诗中把这个姑娘虽然热烈地爱着一个青年，但在父母、兄长、社会舆论的巨大压力下，又不敢和他相会的矛盾心情，写得非常生动。全诗三章，句式全同，但一章一韵，一章写一个方面，往复回环，情韵相生，读之扣人心弦，是《诗经》中描写爱情的杰作。

2　将（qiāng）：希望，请求。仲子：一说是男子的名字；一说“仲”指男子的排行第二，“仲子”犹如说二哥。窬：翻越。里：指女家外面的里墙。古代二十五家为里，里外有墙。第二章的墙也指里墙。第三章“窬园”指翻过墙跳进女家后园，意思也是一样。树杞：即杞树，就是柜（jǔ）柳。攀树是为了爬墙。

3　爱：吝惜。之：指杞树。爬墙攀折树枝，会留下痕迹，相会的事就会被父母察觉，故诗云不是吝惜杞树，是害怕父母责骂。

萚兮[1]

［先秦］

《诗经·郑风》

萚兮萚兮，风其吹女[2]。

叔兮伯兮，倡，予和女[3]。

萚兮萚兮，风其漂女[4]。

叔兮伯兮，倡，予要女[5]。

注释

1 这是一首爱情的欢乐之歌。女子要求情人同她一起歌唱，爱情给他们带来了欢乐。

2 萚（tuò）：落叶。吹：古读cuó。女：同“汝”，指落叶。两句用风吹落叶兴起女子和着情人歌唱，风吹落叶又隐喻歌声随风轻飏。

3 叔、伯：本意是兄弟排行中的老三老二，古代女子也用作对爱人的称呼，犹后代民歌女子称情人为“哥哥”一样。倡：领头唱。和：跟着唱。女：同“汝”，指男子。

4 漂：通“飘”。

5　要（yāo）：也是“和”的意思。《礼记·乐记》“要其节奏”，郑玄注：“要犹会也。”会即和意。

| 延伸阅读 |

有女同车

［先秦］《诗经·郑风》

有女同车，颜如舜华。

将翱将翔，佩玉琼琚。

彼美孟姜，洵美且都。

有女同行，颜如舜英。

将翱将翔，佩玉将将。

彼美孟姜，德音不忘。

狡童[1]

［先秦］

《诗经·郑风》

彼狡童兮，不与我言兮[2]。
维子之故，使我不能餐兮[3]。
彼狡童兮，不与我食兮[4]。
维子之故，使我不能息兮[5]。

注释

1 此诗的姑娘同恋人发生了一点纠纷，恋人赌气不理她。她吃不下饭，睡不着觉。她是痛苦的，但这痛苦的背后，却蕴含着幸福。

2 彼狡童兮：犹言那个坏小子。是女子对恋人的昵称。狡：狡猾。

3 维：由于，以。子：指狡童。

4 不与我食：不同我在一起吃饭。

5 息：安息，安稳入睡。

褰裳[1]

［先秦］

《诗经·郑风》

子惠思我，褰裳涉溱[2]。

子不我思，岂无他人[3]？

狂童之狂也且[4]！

子惠思我，褰裳涉洧。

子不我思，岂无他士？

狂童之狂也且！

注释

1　这是女子戏谑所爱男子的情歌。女子的话，活画出她的口齿伶俐和开朗性格。谑即所以为爱，也见出她对恋人的深情。

2　子：指女子的恋人。惠：爱，承蒙见爱。有戏谑意味。褰（qiān）：提起。裳：下裳，裙子。古称上衣为衣，下衣为裳。溱（zhēn）：与下章的洧（wěi）都是郑国的河流。洧水源出今河南省登封市东阳城山，由郑国国都新郑（今河南省新郑市）

西北流来，经都城南向东南流去。溱水源出今河南省新密市，东南流至新郑西由北注入洧水。

3　子不我思：即子不思我。

4　狂童：狂小子。狂：傲慢。一说，狂为痴义，狂童犹言傻小子。也可通。且（jū）：语助词。

｜延伸阅读｜

终　风

［先秦］《诗经·邶风》

终风且暴，顾我则笑，
谑浪笑敖，中心是悼。
终风且霾，惠然肯来，
莫往莫来，悠悠我思。
终风且曀，不日有曀，
寤言不寐，愿言则嚏。
曀曀其阴，虺虺其雷，
寤言不寐，愿言则怀。

东门之墠[1]

［先秦］

《诗经·郑风》

东门之墠，茹藘在阪[2]。
其室则迩，其人甚远[3]。
东门之栗，有践家室[4]。
岂不尔思？子不我即[5]。

注释

1　这首诗写女子对所爱男子的相思。室近人远，咫尺天涯，画出终日凝望思念情景，语浅情深。

2　“东门”二句：言城的东门外是一块平地，平地外面有一小山坡，长着茜草，女子所思之人就住在那里。东门：指郑的国都新郑城的东门。下篇《出其东门》同此。墠（shàn）：平地。茹藘（lǘ）：茜草，其根可作绛色染料。阪（bǎn）：斜坡。

3　室：指所思男子居室。迩（ěr）：近。

4　“东门之栗”二句：言靠近东门有一棵栗树，树旁有一排整齐的房子，那里有我（女子）的居室。践：排列整齐的样子。

5　即：就，到这里来。

| 延伸阅读 |

绸　缪

［先秦］《诗经·唐风》

绸缪束薪，三星在天。
今夕何夕，见此良人？
子兮子兮，如此良人何？
绸缪束刍，三星在隅。
今夕何夕，见此邂逅？
子兮子兮，如此邂逅何？
绸缪束楚，三星在户。
今夕何夕，见此粲者？
子兮子兮，如此粲者何？

子　衿[1]

［先秦］

《诗经·郑风》

青青子衿，悠悠我心[2]。

纵我不往，子宁不嗣音[3]？

青青子佩[4]，悠悠我思。

纵我不往，子宁不来[5]？

挑兮达兮，在城阙兮[6]。

一日不见，如三月兮。

注释

1　这是女子思念所爱男子的情歌。她在约会的地方来回观望，揣测情人不来的因由，淡淡的怨恨把她的思念之情烘渲得更加深浓。

2　子：女子称她的情人。衿（jīn）：衣领。悠悠：形容思念之情悠长不尽。

3　“纵我”二句：纵使我没去找你，难道你从此就同我断绝往来？揣测中微带埋怨。宁：岂，难道。嗣：接续。音：音问，信息。

4　佩：指系佩玉的绶带。

5　子宁不来：难道你就不能自己到这里来？来：古读 lí。

6　“挑兮”二句：写女子焦急等候情人情景。挑达：来回走动的样子。城阙：城门两边的观楼，极幽僻，常为男女青年幽会之地。

| 延伸阅读 |

凤求凰 · 琴歌

［汉］司马相如

有美一人兮，见之不忘。

一日不见兮，思之如狂。

凤飞翱翔兮，四海求凰。

无奈佳人兮，不在东墙。

将琴代语兮，聊写衷肠。

何日见许兮，慰我彷徨。

愿言配德兮，携手相将。

不得於飞兮，使我沦亡。

出其东门[1]

[先秦]

《诗经·郑风》

出其东门，有女如云[2]。

虽则如云，匪我思存[3]。

缟衣綦巾，聊乐我员[4]。

出其闉阇，有女如荼[5]。

虽则如荼，匪我思且[6]。

缟衣茹藘，聊可与娱[7]。

注释

1　这是男子唱的一首情歌。他在“如云”“如荼”的游女面前，丝毫也不动心，一心一意爱着一位衣着朴素的姑娘，感到非常幸福。

2　如云：形容众多。清王先谦《诗三家义集疏》：“郑城（按，故址在今河南省新郑市）西南门为溱洧二水所经，故以东门为游人所集。”

3　匪：同“非”。思存：思念。

4　缟：未经染色的素白的绢。缟衣谓粗陋的衣服。綦（qí）：暗绿色。巾：佩巾，类似今之围腰，参阅前《野有死麕》注。这句以衣指人，缟衣綦巾是贫家女子的粗陋之服。聊：且。员：同“云”，语助词。句意谓同她一起非常欢乐。

5　闉阇（yīn dū）：曲城城门。闉：曲城，又称瓮城，就是城门外卫护城门的一道方形或圆形城墙，旁开一门。阇就是曲城的门。上章所写为内城正门。荼：茅草的白花。茅草丛生，“如荼”也是形容众多。

6　且（jū）：语助词。

7　茹藘（lǘ）：茜草，其根可作绛色染料。代指绛色佩巾。“缟衣茹藘”同上章“缟衣綦巾”为一人，因为协韵，故改变字眼。

｜延伸阅读｜

风　雨

［先秦］《诗经·郑风》

风雨凄凄，鸡鸣喈喈。

既见君子，云胡不夷？

风雨潇潇，鸡鸣胶胶。

既见君子，云胡不瘳？

风雨如晦，鸡鸣不已。

既见君子，云胡不喜？

野有蔓草[1]

［先秦］

《诗经·郑风》

野有蔓草，零露漙兮[2]。

有美一人，清扬婉兮[3]。

邂逅相遇，适我愿兮[4]。

野有蔓草，零露瀼瀼。

有美一人，婉如清扬。

邂逅相遇，与子偕臧[5]。

注释

1 此诗写一对青年男女清晨在野外邂逅，一见钟情，结成美满的伴侣。诗为男子口吻。

2 蔓草：蔓延滋生的草。零：落。漙（tuán）：与下章的“瀼（ráng）瀼”，均为露水盛多的样子。

3 清扬婉兮：形容女子眼睛很美。清扬：《诗经》中屡见，均形容目美。“清”指眼睛明亮，“扬”也是明的意思。婉：

美丽。

4　邂逅（xiè hòu）：不期而遇。适：合。

5　子：指女子。臧（zàng）：善。句意谓我和你都称心如意。一说，“臧”为“藏”的省借字，谓藏于幽僻处，指幽会。（见《风诗类钞》）

| 延伸阅读 |

击　鼓

［先秦］《诗经·邶风》

击鼓其镗，踊跃用兵。
土国城漕，我独南行。
从孙子仲，平陈与宋。
不我以归，忧心有忡。
爰居爰处？爰丧其马？
于以求之？于林之下。
死生契阔，与子成说。
执子之手，与子偕老。
于嗟阔兮，不我活兮。
于嗟洵兮，不我信兮。

溱洧[1]

［先秦］

《诗经·郑风》

溱与洧，方涣涣兮[2]。士与女，方秉蕑兮[3]。

女曰：“观乎？”士曰“既且。”[4]

“且往观乎？洧之外，洵訏且乐。”[5]

维士与女，伊其相谑，赠之以勺药[6]。

溱与洧，浏其清矣[7]。士与女，殷其盈矣[8]。

女曰“观乎？”士曰“既且。”

“且往观乎？洧之外，洵訏且乐。”

维士与女，伊其将谑，赠之以勺药。

注释

1　此诗写青年男女在节日集会上相互赠物定情。《韩诗》说："郑国之俗，三月上巳（三月三日）之日，于两水（溱和洧）上招魂续魄，拂除不祥。故诗人愿与所说（悦）者俱往观也。"所言极确。诗中将群众场面与对具体人物的特写结合起来，场面盛大，气氛热烈，极富生活气息，既是一首优美的爱情诗，也是一幅生动的社会生活风情画。

2　溱、洧：郑国的两条水名，两水在郑国都城新郑（今河南省新郑市）西北汇合，再向南向东绕都城流去。参阅前《褰裳》诗注。方：正当。涣涣：大水弥漫的样子。《韩诗》谓是"三月桃花水下之时至盛也"。

3　士与女：这是泛指会上所有青年男女。蕑（jiān）：古"蘭"字，兰草。

4　这两句的"女""士"指具体的一女一士，意思是：女子对男子说："一道去洧水那里看看好吗？"男子回答说："已经去过了。""既且"的"且"同"徂"，往、去之意。

5　这三句是女子对男子讲的话。且：复，再。洵：诚然，实在。訏（xū）：大，指地方广阔。

6　维：同下句的"伊"均为语助词。相谑：相互调笑戏谑。下章"将谑"意思相同，"将"，相将，也是相与、相互之意。勺药：香草名。男女赠香草定情是古代风俗，屈原《九歌·湘君》："采芳州兮杜若（香草），将以遗兮下女。"

7　浏：水清的样子。

8　殷：众多。盈：满。

东门之杨[1]

［先秦］

《诗经·陈风》

东门之杨，其叶牂牂[2]。

昏以为期，明星煌煌[3]。

东门之杨，其叶肺肺。

昏以为期，明星晢晢。

注释

1 此诗写等待情人幽会，女或男词。诗中借用景物写出时间，暗示焦急等待的心情，含蓄深永，手法很别致。

2 “东门”两句：城的东门外有一片杨树，晚风吹来，树叶沙沙作响。写幽会之地即在杨树林中。牂（zāng）牂：茂盛的样子。下章“肺肺”意思相同。

3 昏：黄昏。明星：星名，即金星，黄昏时出现于西方天空，称“长庚”，天明时出现于东方天空．称“启明”，实为一星。煌煌：异常明亮的样子。下章“晢（zhé，又读 zhì）晢”意思相同。“明星煌煌”说明离约定的时间黄昏已久，恋人却还没来，焦急心情，自在言外。

湘君[1]

[先秦·楚]

屈原

君不行兮夷犹，蹇谁留兮中洲[2]？
美要眇兮宜修，沛吾乘兮桂舟。
令沅湘兮无波，使江水兮安流[3]。
望夫君兮未来，吹参差兮谁思[4]！
驾飞龙兮北征，邅吾道兮洞庭。
薜荔柏兮蕙绸，荪桡兮兰旌。
望涔阳兮极浦，横大江兮扬灵[5]。
扬灵兮未极，女婵媛兮为余太息。
横流涕兮潺湲，隐思君兮陫侧[6]。
桂棹兮兰枻，斫冰兮积雪[7]。
采薜荔兮水中，搴芙蓉兮木末[8]。
心不同兮媒劳，恩不甚兮轻绝[9]。
石濑兮浅浅，飞龙兮翩翩。

交不忠兮怨长，期不信兮告余以不闲[10]！
鼂骋骛兮江皋，夕弭节兮北渚。
鸟次兮屋上，水周兮堂下[11]。
捐余玦兮江中，遗余佩兮澧浦。
采芳洲兮杜若，将以遗兮下女[12]。
时不可兮再得，聊逍遥兮容与[13]！

注释

1　本篇出自《九歌》。《九歌》各篇都是祀神所用的乐歌。湘君和湘夫人是湘水（在今湖南，注入洞庭湖）的一对配偶神。他们最初可能也像《九歌》中的东君（太阳神）、云中君（云神）等一样，是自然力的人格化，后经发展演变，同神活故事结合起来，成为现在这个样子。传说舜（传说中的古代部族首领）到南方视察，死于苍梧（在今湖南省宁远县南）之野。舜的两个妃子娥皇、女英追踪至洞庭湖，听到这个消息，便南望痛哭，投湘水而死，成为湘水的女神，就是湘夫人；舜便成为湘君。还传说二妃之泪，滴在竹上，竹上就留下永不磨灭的斑点，人们就称这种竹为湘妃竹。《湘君》通篇都是湘夫人思念湘君的语气，祭祀时，可能是以女巫扮湘夫人，以她为主，歌舞迎神。它和下一篇《湘夫人》，虽然写的是神的相思，实际却是人间恋情的生动写照，是我国古代恋情诗中的不朽杰作。

2　“君不行”二句：写湘夫人在船头凝望迎候湘君。君：指湘君。下同。夷犹：犹豫不前的样子。蹇（jiān）：发语词，无实义。谁留：为谁而留。中洲：水中之洲，指水中的陆地。

3　“美要眇”四句：写湘夫人打扮得非常美丽，乘船去迎接湘君。“要眇（yāo miǎo）：与“窈窕”意思相近，美好的样子。宜修：打扮得恰到好处。沛：船行驶很快的样子。桂舟：桂木做的船。桂木取其芳香，以喻湘夫人的尊贵、高尚和美好。沅：湖南水名，注入洞庭湖。江：即下文“大江”，专指长江，也通洞庭湖。湘夫人为湘水女神，故能令沅、湘无波、江水安流，便于湘君和她行驶。

4　夫：语助词。君：指湘君。来：古读lí，与“思”押韵。参差（cēn cī）：即排箫，用二十三管或十六管排在一个木匣中，上端平齐可吹，下端长短不一，以分别音阶。谁思：即思谁。指思念湘君。

5　“驾飞龙”六句：写湘夫人在想象中浮现的湘君北上的情景，说湘君本来乘舟北驶，后来忽又转由别道去洞庭湖了。湘夫人向着远远的涔水北边的水面眺望，仿佛看见湘君闪耀着他灵异的光辉，就要渡过大江似的。飞龙：指龙舟。邅（zhān）：回转。薜（bì）荔、蕙、荪、兰：都是香草名。柏：“帕”的假借字，是旌旗的总名。绸：缠裹旗杆的东西叫绸。桡：旗杆上的曲柄，用来挂旗并作装饰。两句写湘君之船：用薜荔作旗帜，用蕙缠着旗杆，以荪为桡，以兰为旌。涔（cén）：即涔水。涔阳：地名，今湖南省常德市澧县涔阳浦，在洞庭湖和长江之间。极浦：遥远的水边。扬灵：显示威灵。“灵”指神灵所特有的一种奇异光辉。

6 “扬灵兮未极”四句：又回到现实，写湘夫人因湘君虽扬灵而终未至，心里非常痛苦。未极：即未至。女：指湘夫人的侍女。婵媛（chán yuán）：“啴咺”的假字，即喘息，此指因忧伤而呼吸急。潺湲（chán yuán）：本为水流的样子，这里形容泪流不断。隐：痛。陫（fěi）恻：同“悱恻”，忧思伤心的样子。

7 “桂棹”二句：是说用桂棹兰枻把冰敲开，把雪堆起。乘船来迎湘君，比喻会见他的艰难。棹（zhào）、枻（yì）：都是船桨。兰：指木兰，不是兰草。斫（zhuó）：同“凿”。另一种解释，认为冰雪不是沅湘一带所实有的景象，它们并非实指，而是借以形容水光的空明澄澈，“积”是“击”的假借字，“斫冰击雪”指在水光中打桨前进。

8 “采薜荔”二句：在水中去采陆上缘木而生的薜荔，在木末（树梢）去搴（摘）开在水中的芙蓉（荷花），必然一无所得，比喻迎湘君而不遇。

9 “心不同”二句：是说因为湘君和自己不同心，所以媒人也是徒劳；因为对方对自己恩爱不深，所以轻易便弃绝。

10 “石濑（lài）”四句：揣测湘君不来的原因，是说湘江水流急速，湘君驾着龙舟，行驶如飞，要来非常容易，之所以没有来，是他对爱情不忠，因而使她（湘夫人）怨恨无穷。“怨长”正见其爱深。石濑：从石滩流过的急水。浅（jiān）浅：水流迅急。交：相交，指情爱。期：约会。信：守。不闲：不得空闲。

11 “鼂（zhāo）骋骛”四句：写湘夫人从早到晚四处迎接

湘君而终未见到。鼂：“朝”的假借字，指白天。骋鹜：急走。江皋：江边。弭（mǐ）节：本意是停车，“节”指行车进退的节度。此指慢慢停下，非指停车。北渚：指洞庭湖北岸附近的小洲。次：停留，栖息。下：古音读 hù。

12 “捐余玦”四句：写湘夫人对湘君的怨恨复杂心情。捐：丢弃。玦：玉佩名，环形而有缺，隐喻断绝之意。澧：湖南水名，流入洞庭湖。杜若：香草名，味辛而香。“将以遗兮下女”的“遗”读 wèi，赠予之意，与“遗余珮”的“遗”（抛下）含意不同。下女：湘君的侍女。不直说赠给湘君而说赠其侍女，是表示对湘君的尊敬，实际是赠给湘君，以此表达对他的倾慕怀念，说明丢弃玉佩不过表示怨恨而已，并不能同湘君真的断绝。

13 “时不可兮再得”二句：是湘夫人宽慰自己的话，是说时间一去不返，还是逍遥快乐地生活吧。容与：身心闲适之意。

湘夫人[1]

[先秦·楚]

屈 原

帝子降兮北渚，目眇眇兮愁予[2]。

嫋嫋兮秋风，洞庭波兮木叶下[3]。

登白薠兮骋望，与佳期兮夕张[4]。

鸟何萃兮蘋中，罾何为兮木上[5]？

沅有茝兮醴有兰，思公子兮未敢言[6]。

荒忽兮远望，观流水兮潺湲[7]。

麋何食兮庭中，蛟何为兮水裔[8]？

朝驰余马兮江皋，夕济兮西澨[9]。

闻佳人兮召予，将腾驾兮偕逝[10]。

筑室兮水中，葺之兮荷盖[11]。

荪壁兮紫坛，播芳椒兮成堂[12]。

桂栋兮兰橑，辛夷楣兮药房[13]。

罔薜荔兮为帷，擗蕙櫋兮既张[14]。

白玉兮为镇，疏石兰兮为芳[15]。
芷葺兮荷屋，缭之兮杜衡[16]。
合百草兮实庭，建芳馨兮庑门。
九疑缤兮并迎，灵之来兮如云[17]。
捐余袂兮江中，遗余褋兮醴浦。
搴汀洲兮杜若，将以遗兮远者。
时不可兮骤得，聊逍遥兮容与[18]。

注释

1 本篇出自《九歌》，是湘君思念湘夫人的口吻，祀神时由男巫扮湘君歌唱。首句写湘君遥望“帝子降兮北渚”同《湘君》写湘夫人“夕弭节兮北渚”紧密相应，两篇为一个整体。两篇中湘君和湘夫人均未相会，使作品上带浓重的悲剧气氛，极缠绵悱恻之至；想象之丰富，文辞之瑰丽，也少有其匹。

2 “帝子”二句：写湘君遥望湘夫人降临北渚，不得同她相会，心里非常愁苦。帝子：指湘夫人，她是尧帝（传说中的古代部族首领）的女儿。眇（miǎo）眇：极目远视的样子。愁予：使我愁苦。予：湘君自称。据下文，湘君此时尚在“西澨（shì）”。

3 嫋（niǎo）嫋：细长的样子，形容秋风不断吹拂。“嫋嫋”

二句是说，秋风一起，洞庭湖泛起微波，树叶纷纷飘落。

4　登白薠（fán）：登上长满白薠草的洲岛。白薠：秋天长于近水陆地的一种草，大雁以它为食。骋望：纵目远望。与佳期：谓同湘夫人早有约会。佳：佳人，美好的人。期：约会，作动词。夕张：傍晚就将陈设起来。张：陈设。

5　萃：聚集。蘋：水草名。罾（zēng）：一种渔网。鸟不集树上而聚于蘋中，网不置于水中而挂在树上，喻所愿不得，以喻湘君会见湘夫人的愿望不能实现。

6　茝（zhǐ）：即白芷，香草名。公子：即帝子。因见眼前芷、兰，因而想到湘夫人，是以香草喻其美好。因为思之极深而又不可得见，故"未敢言"。

7　荒忽：渺渺茫茫、若有若无的样子，写天将黑时远望情景。

8　麋（mí）：即麋鹿，又称"四不象"。蛟：传说中龙一类的动物。水裔：水边。麋当在山林，而在庭中；蛟当在深渊而在水边，与上文鸟罾之喻义同，再次悲叹湘夫人不可得见。

9　"朝驰"二句：写一天的行程。夕：点明时间，同《湘君》"夕弭节兮北渚"相应。济：渡过。西澨：洞庭湖的水边。澨：水涯。湘君傍晚尚在西澨，待渡水到达北渚，湘夫人已离开此处，故终不得见。

10　"闻佳人"二句：写这次行程的目的。召余：即上文"与佳期"，亦即湘夫人同湘君的约会，并非此刻召唤湘君。腾驾：飞腾起车驾。写心情的愉快。偕逝：指与湘夫人同往，是到此处来时原来的打算。下文即写湘君原来安排的他和湘夫人相会后同去之居室情景。

11　葺（qì）：用草盖屋。荷盖：荷叶。谓用荷叶盖屋顶。

12　"荪壁"二句：谓用荪做墙壁，用紫贝嵌砌庭院，用花椒和泥粉刷堂壁。紫贝是有暗褐色斑纹的圆壳，是一种水产宝物。楚人称庭院为“坛”。播：撒布。后代后妃居室以椒涂壁，取其温暖芳香和祛除邪气。成：同“盛”，涂饰。

13　桂：桂木。栋：屋梁。兰：指木兰。橑（lǎo）：屋椽。辛夷：香草名，又称木笔，即玉兰树。楣（méi）：门楣。药房：用白芷装饰卧室。药：即白芷。

14　罔：古“网”字。诗中指编织。帷：帐幔。擗（pǐ）：剖开。榜（mián）：室中的隔扇，古称屋联。句意谓剖开蕙草做成的隔扇也已陈设好了。

15　镇：镇压座席的东西。古人席地而坐，座下铺席。疏：稀疏。谓分散陈列石兰以取其芳香。石兰：香草名。

16　“芷葺”二句：谓在荷屋上面再铺上白芷，屋子周围再用杜衡缭绕起来。杜衡：香草名。“衡”古音读háng。以上写室内装饰陈设，全用香草香木，以喻居者之尊贵高洁。

17　“合百草”四句：是湘君想象他和湘夫人相会后众神来迎的盛大热烈场面。庭：中庭。建：置，陈列。芳馨：泛指各种芳香之物。庑（wǔ）门：庑和门。庑：廊。九疑：指九疑山之神，即下句的“灵”。相传舜葬于九疑山（又名苍梧山，在今湖南省宁远县南。“疑”亦作“嶷”）。“缤（纷）”“如云”形容神的众多。以上都是湘君原来的计划、安排和想象。实际上他并未会到湘夫人，故下文转到现实，写湘君的怨恨怅惘和对湘夫人的不尽思念。

18　“捐余袂”六句：与《湘君》末六句意同。袂：同“褹”，音yì，为“复襦”，有里子的外衣。褋（dié）：又称“禅衣”，没有里子的内衣。两者均为女子之物，当为湘夫人所赠。以衣物赠人以结恩情为古代风俗。汀（tīng）：水中平地。远者：指湘夫人。骤：频，多次。

山　鬼[1]

［先秦·楚］

屈　原

若有人兮山之阿，被薜荔兮带女罗[2]。

既含睇兮又宜笑，子慕予兮善窈窕[3]。

乘赤豹兮从文狸，辛夷车兮结桂旗[4]。

被石兰兮带杜衡，折芳馨兮遗所思[5]。

余处幽篁兮终不见天，路险难兮独后来[6]。

表独立兮山之上，云容容兮而在下[7]。

杳冥冥兮羌昼晦，东风飘兮神灵雨[8]。

留灵修兮憺忘归，岁既晏兮孰华予[9]。

采三秀兮於山间，石磊磊兮葛蔓蔓[10]。

怨公子兮怅忘归，君思我兮不得闲[11]。

山中人兮芳杜若，饮石泉兮荫松柏。

君思我兮然疑作。[12]。

雷填填兮雨冥冥，猨啾啾兮狖夜鸣[13]。

风飒飒兮木萧萧，思公子兮徒离忧[14]。

注释

1　本篇出自《九歌》。山鬼是山中之神。因为不是正神，且又多在夜里出现，故称“鬼”。篇中写的是一个多情的山中女神，她很少神味，而多人情，可能就是楚国神话传说中的巫山神女。传说楚怀王在高唐（在今重庆市巫山县巫山之南）游玩，昼寝，梦见一妇人，自称是天帝之女，名叫瑶姬，未嫁而亡，封于巫山之南，听说楚王到此来游，愿来侍寝。离去时又说：“妾在巫山之阳（南），高丘之阻（险要之地）。旦为朝云，暮为行雨；朝朝暮暮，阳台之下。”第二天早晨观察，果如其言。因而为她立庙，名为“朝云庙”。（见《文选·宋玉·高唐赋并序》和《文选·江淹·别赋》中李善注引《高唐赋》）《山鬼》所写女神的爱情，充满悲剧色彩，可能就是在这个传说的基础上产生的。篇中描绘山鬼形象，始终紧扣山中的景色，切合她的身份，感情凄婉，文辞瑰奇，后代常常引用。

2　本篇全是山鬼自述口吻，祭神时由女巫扮山鬼歌唱。若有人：仿佛有人，山鬼自指。见其恍惚迷离，若隐若现，出没无常。山之阿（ē）：山坳的深处，山鬼居住的地方。被薜荔：披着薜荔作的衣服。被：同“披”。带女萝：用女萝作衣带。薜荔、女萝都是山中蔓生植物。

3　含睇（dì）：含情而视。睇：微盼的样子。宜笑：笑起来极美。

善窈窕：非常美丽。善：美好，形容窈窕（见前《关雎》注）。子：你，与下文“灵修”“公子”“君”均指山鬼所爱的人。

4 “乘赤豹”二句：写山鬼去会所爱的人，谓用毛色赤褐的豹驾车，皮毛有花纹的狸随从护卫，用辛夷木做成的车子上插满桂枝编结的旗帜。狸：狐类的兽，俗称野猫。

5 “被石兰”句：谓以石兰披覆车上，用杜衡作车子的飘带。折芳馨：采折香花香草。遗所思：赠给所思念的人。

6 幽篁：竹林深处。险难：艰险难行。后来：来迟。这是因为看不见天，不知早晚。来：古音lí。

7 表：突出。独立：指山鬼伫望所爱的人。容容：飞扬的样子，形容云彩弥漫浮动。两句写出山高。

8 杳：深远。冥冥：昏暗。羌（qiāng）：语助词。昼晦：白天而光线昏暗。飘：急风回旋地吹。神灵雨：指雨神在下雨。两句写高山深处，阴晴不定，风雨无常，天气变幻莫测。

9 留灵修：为灵修而留。即等候所爱之人。憺（dàn）忘归：安心等待着忘了归去。憺：安然。岁既晏：犹言年华老大。晏：晚。孰华予：犹言谁还爱我呢？孰：谁。华：美丽，作动词。华予：以我为美。

10 三秀：灵芝的别名。植物开花叫秀，芝草一年开花三次。於山：郭沫若《屈原赋今译》：“於山即巫山。凡《楚辞》‘兮’，字每具有‘於’字作用，如‘於山’非巫山，则‘於’字为累赘。”“於”字古音也读wū。采三秀为赠所爱之人。磊磊：石头众多堆积的样子。葛：蔓生植物，茎皮可织布。蔓蔓：蔓延生长的样子。

11 “君思我”句：是山鬼的揣测宽慰之辞，说“公子”还是想念我的，之所以没来，是因为没有空闲。

12　山中人：山鬼自指。芳杜若：像杜若那样芳洁。石泉：从石中流出的泉水。荫松柏：指住在松柏树下。这句是从饮食居处隐喻山鬼的高洁。然：但，可是。疑作：生疑。谓山中之人，芳洁若此，而所待竟不来，足见存有疑心。一说“然”为肯定的意思，“然疑”犹言将信将疑，是山鬼对“君思我”半信半疑，也可通。

13　填填：雷声。雨冥冥：指下雨时光线幽暗的景象。猨：同“猿”。啾（jiū）啾：猿叫声。

14　飒（sà）飒：风声。萧萧：落叶声。徒：空自，徒然。离：同“罹”，遭受。

| 延伸阅读 |

巫山神女庙

［唐］刘禹锡

巫山十二郁苍苍，片石亭亭号女郎。

晓雾乍开疑卷幔，山花欲谢似残妆。

星河好夜闻清佩，云雨归时带异香。

何事神仙九天上，人间来就楚襄王。

越人歌[1]

［先秦］

古逸诗

今夕何夕兮搴洲中流，

今日何日兮得与王子同舟[2]。

蒙羞被好兮不訾诟耻，

心几烦而不绝兮得知王子[3]。

山有木兮木有枝，

心说君兮君不知[4]！

注释

1　据汉刘向《说苑·善说》记载，鄂君子哲泛舟于新波之中，鼓桨的越人用越语唱了上面这首歌，表达对鄂君于皙的倾慕之情。鄂君子皙听后，就牵着越人的长袖行而拥之，举绣被而覆之，同她交欢尽意。这个故事后来成为古典诗词中常常引用的故实，李商隐《牡丹》“锦帏初卷卫夫人，绣被犹堆越鄂君”，就是用越女之美形容牡丹；末尾两句，也常常被化用在诗词中。

2　夕：此处指日暮，太阳西斜的时候。同下句“日”异文互义。

3　被好（hǎo）：被爱悦。訾（zǐ）：说坏话。心几烦：心里非常烦恼。几：语助词，犹“其”。得知王子：得同鄂君子皙相识相亲。鄂君子皙为楚共王之子，康王之弟，故称“王子”。句意谓为倾慕鄂君子皙而愁烦。

4　说（yuè）：同“悦”。

| 延伸阅读 |

忆秦娥·花阴月

［宋］蔡　伸

花阴月。兰堂夜宴神仙客。

神仙客。江梅标韵，海棠颜色。

良辰佳会诚难得。花前一醉君休惜。

君休惜。楚台云雨，今夕何夕。

有所思[1]

[汉]

乐府诗

有所思，乃在大海南。
何用问遗君[2]？双珠玳瑁簪，
用玉绍缭之[3]。
闻君有他心，拉杂摧烧之[4]。
摧烧之，当风扬其灰。
从今以往，勿复相思！相思与君绝[5]！
鸡鸣狗吠，兄嫂当知之[6]。
妃呼豨！
秋风肃肃晨风飔，东方须臾高知之[7]！

注释

1 《有所思》属汉乐府《鼓吹曲辞》，为《汉铙歌十八曲》之一，今存汉代古辞仅此一首。此诗通篇都用女子自述口吻，写她听到情人有了“他心”之后的复杂心情，有对过去的回忆，有对眼前的愤怒，还有对将来的担心和期待，把她的坚贞倔强、爱憎分明的性格，刻画得非常鲜明，思想艺术成就远远超过后代仿作。

2 何用：即用何。问遗（wèi）：赠予。君：指所思的情人。

3 玳瑁（dài mào）；龟类动物，甲光亮，可作装饰品。簪：古代插在发髻上的一种长针，女子用来插定发髻使不散乱，男子用来连接冠和发髻，横穿髻上，两端露出冠外。《后汉书·舆服志》：“簪以玳瑁为擿（zhì），长一尺，端为华胜，下有白珠。”簪的一端悬二珠，故称“双珠”。用玉绍缭：谓以玉为饰。绍缭：缠绕。

4 他心：二心。说“闻君有他心”，则尚未最后证实，故女子有下面所写揣测、矛盾心理。拉杂：折断。摧烧：焚毁。

5 相思与君绝：我对你的相思是永远断绝了。这只是一时气话，其实并非如此。

6 鸡鸣犬吠：犹言惊动鸡狗，指男女幽会。连下句，是女子揣测可能对方怀疑自己，因而自我表白，是说我若与他人来往，定当惊动鸡狗，兄嫂必知，意谓自己是清白忠贞的。怨恨中存有眷恋，表明她并未同对方断然决裂。一说“鸡明”句指天色将明，如果自己不早作出决定，天一亮，兄嫂就知道这事了。

7　妃呼豨（xī）：表声词，这里是叹息声。肃肃：风声。晨风：鸟名，即鹯（zhān），善迅疾高飞。晨风飞既点出天将破晓，也有望鸟将自己的心迹转告情人之意。“东方”句意谓再过一会儿，太阳就会在东方升起，我的忠贞清白之心，高天白日，均可鉴知！是女子的自誓自白之辞。须臾（yú）：片刻。指很短的时间。

| 延伸阅读 |

有所思

［唐］李　白

我思仙人，乃在碧海之东隅。

海寒多天风，白波连山倒蓬壶。

长鲸喷涌不可涉，抚心茫茫泪如珠。

西来青鸟东飞去，愿寄一书谢麻姑。

上　邪[1]

［汉］

乐府诗

上邪！
我欲与君相知，
长命无绝衰[2]！
山无陵，
江水为竭，
冬雷震震，
夏雨雪，
天地合，
乃敢与君绝[3]！

注释

1　本篇也是《汉铙歌十八曲》的一首民间情歌，是女子向恋人表白爱情坚贞的誓言。诗中指天发誓，连用五个形象比喻，以示永不变心，讲得斩钉截铁，感情激越悲壮。有人认为《上邪》同《有所思》当为一篇，叙男女相告之言，《有所思》为女辞，《上邪》为男辞。有人赞同两篇为一篇之说，但认为两篇都是女子之辞，《有所思》考虑决裂，《上邪》则是打定主意后立下更坚定的誓言。

2　上邪：天哪！邪：同“耶”，感叹词。相知：相好，相亲相爱。命：令，使。绝：感情破裂，关系断绝。衰：减弱。以下四句就是“长命无绝衰”的具体内容。

3　山无陵：所有山峰都成为平地。陵：指山峰。竭：枯竭、干涸。震震：雷声。冬天不会响雷。雨雪：即下雪。雨：读yù，作动词，降落。夏天不会下雪。天地合：天与地合在一起。以上五事皆不可能出现，这是女子的坚定誓言，意谓即使地老天荒，情爱也不会改变。

迢迢牵牛星[1]

［汉］

无名氏

迢迢牵牛星，皎皎河汉女[2]。

纤纤擢素手，札札弄机杼[3]。

终日不成章，泣涕零如雨[4]。

河汉清且浅，相去复几许[5]？

盈盈一水间，脉脉不得语[6]。

注释

1　在银河的南北两岸，有牵牛和织女两颗星星。神话传说，牵牛织女是天上的一男一女，织女的工作是织布，牵牛的工作是驾牛拉车。两人相互爱慕，结为夫妇，因为触怒了天帝，被天帝用银河隔开，他们只能隔河相望而不能相会。后来因为人们不满意天帝的残忍，同情织女牵牛的不幸遭遇，才又创造了“鹊桥”的美丽传说，说是每年夏历七月七日，所有的乌鹊都飞到天上，排在一起，在银河上搭成一座桥，让织女牛郎过桥相会。这个故事后来成为人间夫妻或男女相恋而又不得团聚的象征，常被引用。此诗就是其中时代较早而又极优美的作品之一。

2　迢迢：形容路途遥远。牵牛星：是天鹰星座的主星，又名“河鼓”，俗称扁担星，在银河南。河汉：即银河。女：指织女星，是天琴星座的主星，在银河北，同牵牛星隔河相望。

3　纤纤：细长的样子。擢（zhuó）：抽出。此处形容织女织布的动作。素：洁白。弄机杼（zhù）：即织布。杼：织机的梭子。

4　章：花纹，指布上经纬线的纹路。泣涕：哭泣流泪。零：落。

5　几许：犹“几何”，几多，即多的意思。

6　盈盈：形容水清浅的样子。脉脉：凝视的样子。

定情诗[1]

[三国·魏]

繁　钦

我出东门游，邂逅承清尘[2]。
思君即幽房，侍寝执衣巾[3]。
时无桑中契，迫此路侧人[4]。
我既媚君姿，君亦悦我颜[5]。
何以致拳拳，绾臂双金环[6]；
何以致殷勤，约指一双银[7]。
何以致区区，耳中双明珠[8]；
何以致叩叩，香囊系肘后[9]；
何以致契阔，绕腕双跳脱[10]；
何以结恩情，珮玉缀罗缨[11]；
何以结中心，素缕连双针[12]；
何以结相于，金薄画搔头[13]；
何以慰别离，耳后玳瑁钗；

何以答欢忻，纨素三条裙[14]；
何以结愁悲，白绢双中衣[15]。
与我期何所，乃期东山隅[16]，
日旰兮不至，谷风吹我襦[17]。
远望无所见，涕泣起踟蹰。
与我期何所，乃期山南阳[18]，
日中兮不来，飘风吹我裳[19]。
逍遥莫谁睹，望君愁我肠[20]。
与我期何所，乃期西山侧，
日夕兮不来，踯躅长叹息[21]。
远望凉风至，俯仰正衣服。
与我期何所，乃期山北岑[22]，
日暮兮不来，凄风吹我衿[23]。
望君不能坐，悲苦愁我心。
爱身以何为，惜我华色时[24]，
中情既款款，然后克密期[25]。

褰衣蹑花草，谓君不我欺[26]。

厕此丑陋质，徙倚无所之[27]。

自我失所欲，泪下如连丝[28]。

注释

1 此诗见于南朝陈徐陵所编《玉台新咏》卷一，宋郭茂倩编《乐府诗集》，收入《杂曲歌辞》。这是一个姑娘对负心男子的血泪控诉，悲剧的产生虽然出于个人，但却具有深刻的社会历史原因，反映了在男尊女卑的封建社会妇女的巨大不幸。全诗如泣如诉，感情深挚沉痛，委婉动人。诗中大量运用排比铺叙，显然受到了汉赋的影响。

2 东门：城邑的东门。承：受。清尘：代指所遇之男子，不直说遇到对方。而说承受到他走路扬起的尘土，并加以“清”字的美称，是表示尊重对方。

3 即：就，去到。幽房：幽深僻静的房间。侍寝：谓以身相许。侍：陪侍。

4 “时无”二句：说当时并无预先之约，所遇为素不相识的人。桑中：《诗经·鄘风》篇名，写男女相约在桑中幽会。迫：近，指相遇。路侧人：路边的人，与“陌路人”同义。

5 媚：爱慕。颜：容颜。

6 致拳拳：表达恳切忠贞的情意。绾（wǎn）：系，盘结。

7　殷勤：殷切深厚的情意。约指：即戒指。

8　区区：义同“拳拳”。耳中双明珠：指耳珰。明珠：明亮的珍珠。

9　叩叩：郑重恳切的意思。香囊：装有香料的小囊。

10　契阔：久别的情愫。跳（tiáo）脱：即手镯，也写作“条脱”。

11　罗缨：丝带。

12　素缕：素白的丝线。连双针：喻双心连在一起。素缕喻纯洁，针喻坚贞。

13　相于：犹言相亲，六朝习用语。孔融《与韦休甫书》：“疾动，不得复与足下岸帻广坐，举杯相于，以为邑邑。”《读曲歌》：“君行负怜事，那得厚相于。”搔头：即簪。

14　忻：同“欣”。纨素：精致的素白细绢。三条裙：与下“双中衣”相对成文，古代有女子赠送自己衣服以结恩情的风俗，参阅前屈原《九歌·湘君》：“捐余袂兮江中，遗余褋兮澧浦。”一说，“条”读为“绦”，即衣上的缘饰，如花边之类。（见余冠英《汉魏六朝诗选》）

15　结愁悲：谓悲愁与共。中衣：即内衣。

16　何所：什么地方。隅：角落。

17　旰（gàn）：日晚。谷风：东风。褥：短衣。

18　阳：山的南面。

19　日中：正午。飘风：回风，旋风。

20　逍遥：本为悠然自得的样子，这里指走来走去，来回顾望。莫谁睹：即莫睹谁。指未见所望之人到来。

21　踯躅：义同踟蹰，徘徊不前的样子。

22　岑（cén）：小而高的山。

23　衿：衣领。指衣服。

24　何为：即为何。华色时：容颜美丽之时。

25　款款：诚恳。克密期：约定幽会的日期。克：限定。

26　花草：《玉台新咏》作“茂草”。句意谓提衣踏草来赴约会。不我期：即不期我。以上六句系写女子的愿望。

27　厕：置。丑陋质：女子自谓，是谦辞。徙倚：犹徘徊。无所之：不知向何处去。

28　所欲：指自己希望得到的爱情。

｜延伸阅读｜

读曲歌

［南朝］乐府诗

君行负怜事，那得厚相于。

麻纸语三葛，我薄汝粗疏。

车遥遥篇[1]

［晋］

傅 玄

车遥遥兮马洋洋，追思君兮不可忘[2]。

君安游兮西入秦，愿为影兮随君身[3]。

君在阴兮影不见，君依光兮妾所愿[4]。

注释

1 此诗见于《玉台新咏》卷九，《乐府诗集》编入《杂曲歌辞》，作梁代车敹诗，今从《玉台新咏》。诗用形象的比喻，把女子的离愁相思，写得非常生动。

2 遥遥：远行的样子。洋洋：漫无所归的样子。屈原《九章·哀郢》："焉洋洋而为客。"追思：心中追逐所爱之人的行踪思念着他。首句即想象其在外漫游的情景。

3 安：何，哪里。秦：今陕西一带地方。"愿为"句：愿像你身体的影子那样时时刻刻跟随着你。

4 阴：暗处。光：光亮。此句可能语意双关，既表明无时无刻不在思念对方，还可能暗喻希望对方做人处事正大光明，否则即非"所愿"，要与之断绝了。

昔思君[1]

［晋］

傅玄

昔君与我兮形影潜结，
今君与我兮云飞雨绝[2]。
昔君与我兮音响相和，
今君与我兮落叶去柯[3]。
昔君与我兮金石无亏，
今君与我兮星灭光离[4]。

注释

1 此诗《乐府诗集》编入《杂曲歌辞》，诗中全用比喻，写女子同所爱男子感情断绝，极凄婉动人。

2 形影潜结：形体和影子两者间并没什么东西联结起来，但却不能分开，故说“潜结”。潜：暗中。写二人形影不离，心心相印。云飞雨绝：暗用巫山神女事，云雨喻两人的欢情，参见前屈原《九歌·山鬼》注。

3　响：指声音的回声。去：离开。柯：树枝。

4　金石无亏：喻坚贞无隙。星灭光离：星星灭去，光亮也随之消失。

| 延伸阅读 |

昔思君

［明］朱诚泳

昔君与我兮，心契意投。

今君与我兮，云散雨收。

昔君与我兮，鱼水相宜。

今君与我兮，风马难追。

昔君与我兮，琴瑟谐和。

今君与我兮，音问蹉跎。

桃叶歌[1]

[晋]

王献之

其一

桃叶映红花，无风自婀娜[2]。

春花映何限，感郎独采我[3]。

其二

桃叶复桃叶，桃树连桃根[4]。

相连两乐事，独使我殷勤[5]。

其三

桃叶复桃叶，渡江不用楫[8]。

但渡无所苦，我自迎接汝[7]。

注释

1 《乐府诗集》引《古今乐录》说："《桃叶歌》者，晋王子敬（献之字）之所作也。桃叶，子敬妾名，缘于笃爱，所以歌之。"《隋书·五行志》也说："陈时江南盛歌王献之《桃叶词》（后引下面第三首）。"其说大抵可信。

2 婀娜（ē nuó）：轻盈柔美的样子。

3 "春花"句：谓春花极多。此首拟桃叶口吻。《诗纪》引《彤管新编》题桃叶作，大约是根据内容推断，不足据。

4 "桃叶"句：有叶叶相并意，写桃叶的茂盛美好。连：双关下句的"怜（爱）"。本句以"桃树"指桃叶（人），以桃根自比。

5 相连："连"，双关"怜"。各集作"怜"，此从《玉台新咏》。作"连"则通篇都用比喻，更有情致。此首是作者口吻，回答上一首。

6 楫：船桨，代指船。桃树叶能浮水，双关极妙。

7 迎接汝：《乐府诗集》作"来迎接"，此从《玉台新咏》卷一。"汝"更亲切，末尾变一韵，声更奇峭，通篇更灵动。此篇亦作者口吻。

宛转歌[1]

［晋］

刘妙容

月既明，西轩琴复清[2]。
寸心斗酒争芳夜，
千秋万岁同一情[3]！
歌宛转，宛转凄以哀。
愿为星与汉，光影共徘徊[4]。
悲且伤，参差泪成行。
低红掩翠方无色，
金徽玉轸为谁锵[5]？
歌宛转，宛转情复悲。
愿为烟与雾，氛氲对容姿[6]。

注释

1　此诗又名《神女宛转歌》，《乐府诗集》编入《琴曲歌辞》。据《续齐谐记》记载，晋时王敬伯在京供职，以休假还乡，过吴地，月下在舟中弹琴。一女郎偕二婢来到船上，女郎以钗叩琴，唱了这首《宛转歌》，怅然而去。王上岸后，才知道这女郎是死去已久的刘妙容。这自然是作品在流传过程中人们添加的传说。从作品看，当是女子思念所爱的人而不能遂愿，因而作此凄凉婉转的悲歌，一边弹琴，一边歌唱。第一首写女子和所爱的人在一起的情景和两人至死不渝的誓愿，第二首则是写女子的思念之苦。

2　轩：有窗的小屋或长廊。

3　寸心：就是心，因心居胸中方寸之地，故称。斗：盛酒器。争：竞。句意谓倾心交谈，开怀畅饮，不辜负好天良夜。

4　星：即星宿，又称七星，为二十八宿之一。汉：即银汉，就是银河，也称天河。影：指所爱者的身影，星、汉之光和身影分不开。

5　红：指红颜，即女子的颜面。翠：指衣袖。金徽：金饰的琴徽。徽：琴面上指示音高的标志。玉轸（zhěn）：玉饰的轸。轸：琴瑟上转动弦线的轴。金徽玉轸代指琴。

6　烟雾：指由香炉中散发的烟雾。氛氲：烟雾弥漫的样子。两句谓女子愿化为烟雾围绕在恋人身旁。

东阳溪中赠答[1]

［南朝·宋］

谢灵运

可怜谁家妇，缘流洗素足[2]。

明月在云间，迢迢不可得[3]。

可怜谁家郎，缘流乘素舸。

但问情若为，月就云中堕[4]。

注释

1 此诗用问答形式，写男女相悦之情，清新明快，显然受到民歌的影响。

2 可怜：可爱。流：指江河。素：写足的白净。

3 明月：喻女子的美丽和不可得。迢迢：遥远。这首是男子之辞。

4 但：只。若为：优若何，即怎么办。就：从。直译之，两句是说，只须问你的感情怎样来使月亮从云里坠落下来。言外是说，如果你的感情纯洁、深厚、坚贞，月亮就会从云里落下——你就能得到美好的爱情。女子的话极风趣，见出她的活泼可爱。

杨花曲[1]

［南朝·宋］

汤惠休

一

葳蕤华结情，宛转风念思[2]。
掩涕守春心，折兰还自遗[3]。

二

江南相思引，多叹不成音[4]。
黄鹤西北去，衔我千里心。

三

深堤下生草，高城上入云[5]。
春人心生思，思心常为君。

注释

1　此诗《乐府诗集》编入《杂曲歌辞》，作为一首；《玉台新咏》卷十载第三首。当依后书，分作三首。诗写女子思念千里之外的情人，第一首写折兰难赠，第二首托鸟衔心，第三首写堤上城头伫望，点出“思心常为君”的题旨，虽为三阕，实为一个整体。黄鹤衔心的想象，为后代诗词常常运用。

2　葳蕤（wēi ruí）：草木枝叶茂盛的样子。华：同“花”。

3　遗：留。采兰本为赠送情人，以表达思念之情，但情人千里，无法为赠，只能自己留下。此写思念之甚之苦。

4　相思引：即相思曲。引：古代乐曲的名称之一。“多叹”句：因为歌唱时常常叹息，所以唱不成调。

5　“深堤”二句：不是单纯写景，是写望人。“生草”有《饮马长城窟行》“青青河畔草，绵绵思远道”之意，是用草之连绵不断，喻思情之无穷无尽。

估客乐（选三首）[1]

［南朝·齐］

释宝月

其一

郎作十里行，侬作九里送。

拔侬头上钗，与郎资路用[2]。

其二

有信数寄书，无信心相忆[3]。

莫作瓶落井，一去无消息[4]。

其三

大艑珂峨头，何处发扬州[5]。

借问艑上郎，见侬所欢不[6]？

注释

1　《估客乐》属《西曲歌》，据《古今乐录》，此曲是齐武帝萧赜即位后，追忆往事所作。《乐府诗集》收武帝原辞一首，由齐至唐文人辞十一首。

2　资路用：犹言作路费。资：供给，资助。此首写女子送情人上路情景，极富生活情趣。

3　数寄书：犹言多寄信。数（shuò）：屡次。“无信”句：含有告诫情人不要招惹别的女子之意。

4　“莫作”二句：含有既希望情人不要变心，也希望他平安无恙两层意思。汉扬雄《酒赋》：“子犹瓶矣。观瓶之居，居井之湄（边），处高临深，动常近危。”瓶落井可能是当时的习用比喻。此首写女子对情人既关心又担心的复杂心理，极委曲尽情。《玉台新咏》卷十无作者名，作《近代西曲歌》五首之二，《乐府诗集》题宝月作。

5　艑（biàn）：扁舟，小船。珂：生在海中的一种螺，《尔雅翼》：“贝大者珂。”珂峨：当是形容船头尖而上翘。何处发扬州：经由何处至扬州出发？诗中女子在长江上游，情人所往在扬州一带，故向由扬州上行的船打听。

6　不：通“否”。向过往客商打听这个细节，不仅表现了对情人的关心、思念，还描绘出水上商埠社会风情的画面。

子夜四时歌（选四首）[1]

[南朝·梁]

萧　衍

春　歌

兰叶始满地，梅花已落枝。

持此可怜意，摘以寄心知[2]。

注释

1　这是采用民歌曲调描写男女恋情的作品，《乐府诗集》载此诗春歌一首、夏歌三首、秋歌二首、冬歌一首。

2　心知：知心的人，指情人。此首写女子摘兰、梅赠送情人，表达思念之情。

夏　歌

一

江南莲花开，红光覆碧水[1]。

色同心复同，藕异心无异[2]。

二

闺中花如绣，帘上露如珠[3]。

欲知有所思，停织复踟蹰[4]。

注释

1　红光：指花光。覆：《乐府诗集》作“复”，《艺文类聚》作“照”，从《玉台新咏》改。

2　心：指根。隐喻两人相爱之心。此首以莲藕为喻，写女子希望和情人深结同心，永远相爱。

3　花如绣：形容女子像绣出的花那样美丽。露如珠：是以朝露易晞（干）隐喻女子担心青春易逝、容颜易老，表达她不得与所爱之人欢聚一起的怅恨之情，也隐含女子担心情人另有所爱，两人的恩情将如朝露一样不得长久。

4　停织、踟蹰：是两个不连贯的行动，“复”字点明此意。极写女子思念所爱之人的烦恼郁闷情绪。

秋 歌

绣带合欢结，锦衣连理文[1]。

怀情入夜月，含笑出朝云[2]。

注释

1　合欢结：将两根带子结在一起。连理文：一种花纹图案的名称，它同合欢结都有象征男女情爱之意。

2　入夜月：语意双关，既指夜中归寝，又有以月喻人之美好之意。出朝云：与“入夜月”相对，指晨起，兼喻人如朝云之美，并暗用“巫山云雨”事，指男女情事。按：《乐府诗集》载王金珠《子夜四时歌·冬歌》一首，首句作“寒闺周黼张”，其他三句与此首全同。

襄阳蹋铜蹄[1]

［南朝·梁］

沈　约

分手桃林岸，望别岘山头[2]。

若欲寄音信，汉水向东流[3]。

注释

1　《襄阳蹋铜蹄》属《西曲歌》，据《古今乐录》，其曲为梁武帝萧衍由襄阳西下夺取帝位时所作。“铜蹄”指马蹄。《乐府诗集》载梁武帝辞两首，沈约辞三首。本篇写女子送别情人的眷恋不舍之情。

2　桃林岸：当在襄阳附近汉水之岸。岘（xiàn）山：又名岘首山，在襄阳城南九里。

3　“若寄”二句：谓汉水东流入大江，能直达情人所往之地，书信可由水路寄回，是盼望对方多多寄信之意。

子夜歌（选十八首）[1]

［南朝］

乐府诗

一

落日出前门，瞻瞩见子度[2]。

冶容多姿鬓，芳香已盈路[3]。

二

芳是香所为，冶容不敢当。

天不夺人愿，故使侬见郎[4]。

三

宿昔不梳头，丝发被两肩[5]。

婉伸郎膝上，何处不可怜[6]。

四

自从别欢来，奁器了不开[7]。

头乱不敢理，粉拂生黄衣[8]。

五

崎岖相怨慕，始获风云通[9]。

玉林语石阙，悲思两心同[10]。

六

见娘喜容媚，愿得结金兰[11]。

空织无经纬，求匹理自难[12]。

七

今夕已欢别，合会在何时，

明灯照空局，悠然未有期[13]。

八

高山种芙蓉，复经黄蘗坞[14]。

果得一莲时，流离婴辛苦[15]。

九

驻箸不能食，蹇蹇步闱里[16]。

投琼著局上，终日走博子[17]。

十

年少当及时，蹉跎日就老[18]。

若不信侬语，但看霜下草[19]。

十一

欢愁侬亦惨，郎笑我便喜。

不见连理树，异根同条起[20]。

十二

别后涕流连，相思悲情满。

忆子腹糜烂，肝肠尺寸断[21]。

十三

道近不得数，遂至盛寒违[22]。

不见东流水，何时复西归[23]！

十四

夜长不得眠，明月何灼灼[24]。

想闻散唤声，虚应空中诺[25]。

十五

我念欢的的，子行由豫情[26]。

雾露隐芙蓉，见莲不分明[27]。

十六

侬作北辰星，千年无转移[28]。

欢行白日心，朝东暮还西[29]。

十七

怜欢好情怀，移居作邻里。

桐树生门前，出入见梧子[30]。

十八

遣使欢不来，自往复不出[31]。

金铜作芙蓉，莲子何能实[32]！

注释

1 《子夜歌》属《吴声歌曲》，是江南的民间情歌。《宋书·乐志》说：“《子夜歌》者，有女子名子夜造此歌。晋孝武太元（367—369）中琅邪王轲之家有鬼歌《子夜》。”“鬼歌”云云，荒诞不经，但由此可知此歌产生的由来和时代。宋郭茂倩编《乐府诗集》载晋、宋、齐辞四十二首，全为五言四句，均写男女恋情，除两首外，全为女子之辞，说明此歌多为女子所唱。感情真挚，语言朴素，风格明快，大量运用双关比喻，是这些民歌（包括下面所选其他南朝民歌）的共同特色。

2 瞻瞩：注视。子：你，指女子。度：走过。

3 冶容：艳丽的姿容。姿鬓：美丽的鬓发。盈：满。

4 侬：吴语，多用作第一人称代词“我”（在民歌中多用于女性），也可用作第二人称。以上两首为男女对答之辞，表达相互倾慕爱恋之情。

5 宿昔：此指昨夜。被：同“披”。

6 婉伸：屈伸。可怜：可爱。

7 欢：六朝以来民歌中女子对所爱男子的爱称。奁（lián）器：妇女的梳妆匣。了：完全。

8 粉拂：即粉扑儿，敷粉的用具。黄衣：黄霉。诗意与《诗经·卫风·伯兮》“自伯之东，首如飞蓬。岂无膏沐，谁适为容”相同。

9 “崎岖”二句：用登山道路崎岖不平，喻爱情生活充满磨难。怨慕：倾慕其人而又怨其难见。风云：对上文“崎岖”而言，喻地势高远。左思《吴都赋》：“径路绝，风云通。”“风云通”

喻得与情人相会。

10　玉林：指洁白如玉的牙齿。石阙：古代立在墓前的石碑，就是墓碑，上刻死者姓名、事迹等文字。诗中以“碑”谐音“悲”。

11　娘：古代对少女的称呼。金兰：《易·系辞上》：“二人同心，其利（锋利）断金；同心之言，其臭如兰。”一般喻交友感情契合，此取“结同心”义，指结为夫妻。

12　无经纬：指空着织机。经：经线。纬：纬线。匹：双关语，用布之“匹”谐音“匹偶”。下首“不成匹”同此。此首为男子求爱不遂，为南朝民歌少有之例。

13　局：棋局，棋盘。悠然：悠长。又承“明灯”，谐音“油燃”。期：双关语，用会合无“期”谐音空局无“棋”（棋子）。

14　芙蓉：即荷花、莲花。双关语，谐音“夫容”。黄蘗（bò）：即黄柏，落叶乔木，高三四丈，夏开黄花，秋结实如黄豆，实和树皮可入药，味极苦。坞：四周高而中间低的地方。两句是倒装，谓经过黄蘗坞去高山种芙蓉。

15　莲：双关语，指莲花，又谐音“怜”（爱），谓两人相互怜爱。流离：谓辗转奔波。婴：遭受。诗中说，芙蓉种在高山上，要采得一朵莲花，就要经过其味极苦的黄蘗林，比喻得到一次怜爱的机会非常艰难。

16　驻箸：停住筷子。蹇（qiān）蹇：行动艰难的样子。闱：内室，女子所居。

17　琼：美玉。博子：六博的棋子。六博：古代博戏名。共十二棋，六黑六白，两人相博，每人六棋。这里“子”字双关，既指棋子，又用作“你”，指情人，是用博戏追逐棋子喻欲将情人立致眼前。写女子相思的烦闷无聊心情。

18　蹉跎（cuō tuó）：虚度时光。就：趋往。

19　“霜下草”句：用草经霜枯萎比喻青春易逝，当及时相爱。

20　连理树：异株而枝干相互缠绕的树。比喻女子同情人两心相连，不能分开。

21　此首极写相思的巨大痛苦。

22　数（shuò）：频，屡次。谓不能经常前往。违：分离。

23　西归：流回西边。

24　灼灼：明亮的样子。

25　想：想象。散：零散。虚：徒自。空中：夜空之中。女子住在楼上，故云。诺：答应人的声音。两句写相思至极，出现幻觉，仿佛听见空中断断续续传来情人呼唤的声音，便空自答应。

26　的的：确实，分明。行：作。由豫：即犹豫。

27　“雾露”二句：以“莲”谐音“怜”（爱），以雾露隐蔽芙蓉，莲花看不真切，比喻情人态度不分明，又似有情，又似无情。写女子又爱又烦恼的感情。

28　北辰：北极星，从地球看位置几乎不变。

29　行：作。白日心：谓情郎的心像太阳一样，早晨在东，傍晚在西。

30　梧子：梧桐树的果实。谐音“吾子”（女子的恋人）。

31　遣使：派使者去邀。使：信使。《读曲歌》：“闺阁断信使，的的两相忆。”

32　芙蓉：谐音“夫容”。莲子：兼指花和果实，又谐音“怜（爱）子”。实：双关果实和真实。诗意是说，金铜作的芙蓉，不可能结出果实，比喻女子不能得到情人的怜爱；情人的面孔既然像金铜那样死板无情，女子的怜爱也就不会有什么结果。连上文，足见女子幽怨郁闷之甚。

子夜四时歌（选十四首）[1]

［南朝］

乐府诗

春　歌

一

绿荑带长路，丹椒重紫茎[2]。

流吹出郊外，共欢弄春英[3]。

二

梅花落已尽，柳花随风散[4]。

叹我当春年，无人相要唤[5]。

三

自从别欢后，叹音不绝响。

黄蘗向春生，苦心随日长[6]！

注释

1 《乐府解题》说，《子夜歌》流行后，“后人更为四时行乐之词，谓之《子夜四时歌》。又有《大子夜歌》《子夜警歌》《子夜变歌》，皆曲之变也。”可见《子夜四时歌》系由《子夜歌》衍变而成，是它的变曲。内容也多写男女恋情，不过增多了“四时行乐”的内容。《乐府诗集》收晋、宋、齐辞七十五首。

2 “绿荑”二句：说长长的道路在绿色的茅草中延伸，路旁山椒的红红籽实把紫色的枝茎压得向下低垂。荑：初生的茅草。

3 流吹：指箫笳一类的吹管乐器。《文选·南朝宋颜延年·三月三日曲水诗序》：“摇玉銮，发流吹。”春英：春花。

4 柳花：柳絮。两句用春光将尽喻青春易逝，兴起下文对爱情的渴望。

5 当春年：正当青春年华。要：通“邀”。要唤：指求爱。

6 苦心：双关语，以黄蘖树的苦心比喻相思的苦心。黄蘖之木味极苦。

夏歌

一

反复华簟上，屏帐了不施[1]。

郎君未可前，待我整容仪。

二

朝登凉台上，夕宿兰池里[2]。
乘月采芙蓉，夜夜得莲子[3]。

三

郁蒸仲暑月，长啸出湖边[4]。
芙蓉始结叶，花艳未成莲[5]。

四

昔别春风起，今还夏志浮。
路遥日月促，非是我淹留[6]。

五

盛暑非游节，百虑相缠绵。
泛舟芙蓉湖，散思莲子间[7]。

注释

1　华簟（diàn）：有文采的席子。簟：竹席。屏帐：屏风和蚊帐。了不施：全没张设。此首写少女的庄重矜持，富有生活情趣。

2　兰池：长有兰草的池塘。

3　“乘月”二句：写借采莲夜夜同情人相会。“芙蓉”谐音“夫容”，“莲子”谐音“怜（爱）子”。

4　郁蒸：暑气蒸腾。仲暑：即仲夏，夏季的第二个月（夏历五月）。啸：撮口发出长而清越的声音，古人常用它抒发抑郁的心情。

5　莲：指莲子。谐音“怜（爱）子”。莲花开得很艳，还没结出莲子，隐喻爱情还未成熟。此首写男子爱情尚未成熟的郁闷心情。

6　日月促：时间紧迫。淹留：停留。从男子的解释，自然见出女子的嗔怪，嗔怪之重，亦即爱恋之深，极得神理。

7　泛舟芙蓉湖：芙蓉谐音“夫容”，隐指同情人一起游玩。思：谐音“丝”，“散丝”是就上文“缠绵”而言，并关合莲藕之丝。莲子：谐音“怜（爱）子”。两句极写两人怜爱之深。

秋　歌

一

自从别欢来，何日不相思。

常恐秋叶零，无复莲条时[1]。

二

仰头看桐树，桐花特可怜。

愿天无霜雪，梧子解千年[2]。

三

秋风入窗里，罗帐起飘飏。

仰头看明月，寄情千里光[3]。

注释

1　莲条：指莲叶的茎。莲：谐音“怜”。用莲叶秋天枯萎喻女子担心情人之爱断绝。

2　梧子：谐音“吾子”，指情人。解：会，能。两句谓希望同情人永远相爱。

3　此首写秋风入帏，触动别情。末两句为李白《静夜思》“举头望明月，低头思故乡”所本。

冬 歌

一

渊冰厚三尺，素雪覆千里[1]。

我心如松柏，君情复何似[2]？

二

朔风洒霰雨，绿池莲水结[3]。

愿欢攘皓腕，共弄初落雪[4]。

三

何处结同心，西陵柏树下。

晃荡无四壁，严霜冻杀我[5]。

注释

1 渊：深潭。

2 “我心”句：松柏经霜不凋，喻爱情坚贞不渝。

3 霰（xiàn）雨：下雪前天空降落的白色小冰粒。

4 攘（rǎng）：牵挽。弄雪既写嬉戏的欢乐，合看上文，也含有不畏冰雪，希望爱情纯洁坚贞之意。

5　明知“冻杀我”而仍往缔结同心，足见爱情之心的火热。富有生活气息。

| 延伸阅读 |

子夜歌

［唐］李　煜

人生愁恨何能免，销魂独我情何限。

故国梦重归，觉来双泪垂。

高楼谁与上，长记秋晴望。

往事已成空，还如一梦中。

子夜变歌（选一首）[1]

［南朝］

乐府诗

人传欢负情，我自未尝见。
三更开门去，始知子夜变[2]！

注释

1 《子夜变歌》是《子夜歌》的变曲。《乐府诗集》收晋宋古辞三首，梁王金珠一首。本篇写男子变心，末两句全是口语，写事出意外，读来惊心动魄。

2 子：指所爱的男子。两句意谓女子三更开门去找情人，才发现他在同别人相好，变了心了。

读曲歌（选十三首）[1]

［南朝］

乐府诗

一

柳树得春风，一低复一昂[2]。

谁能空相忆，独眠度三阳[3]。

二

折杨柳，百鸟园林啼，道欢不离口[4]。

三

逋发不可料，憔悴为谁睹[5]？

欲知相忆时，但看裙带缓几许[6]。

四

忆欢不能食，徘徊三路间，

因风觅消息[7]。

五

怜欢敢唤名，念欢不呼字[8]。

连唤欢复欢，两誓不相弃[9]！

六

奈何许[10]！

石阙生口中，衔碑不得语[11]。

七

自从别郎后，卧宿头不举。

飞龙落药店，骨出只为汝[12]！

八

日光没已尽，宿鸟纵横飞。

徙倚望行云，躞蹀待郎归[13]。

九

黄丝咡素琴，泛弹弦不断[14]。

百弄任郎作，唯莫《广陵散》[15]。

十

思欢不得来，抱被空中语。

月没星不亮，持底明侬绪[16]。

十一

打杀长鸣鸡，弹去乌臼鸟[17]。

愿得连冥不复曙，一年都一晓[18]。

十二

暂出白门前，杨柳可藏乌[19]。

欢作沉水香，侬作博山炉[20]。

十三

登店卖三葛，郎来买丈余[21]。

合匹与郎去，谁解断粗疏[22]。

注释

1 《读曲歌》属《吴声歌曲》，也是江南的民间情歌。《宋书·乐志》称它“止窃声读曲细吟而已，以此为名”，大约就是徒声歌唱，不用乐器伴奏。《乐府诗集》载歌辞八十九首。

2 “柳树”二句：女子以柳树自比，以春风比情人，柳树得春风就上下起舞，欢乐无比，自己离开情人就孤单无趣。

3　三阳：即三春，指春季三个月。春日称为阳春。

4　道：说。因为女子思念情人已到神魂痴迷程度，所以觉得园林中百鸟的啼叫声，也在讲说她的情人。

5　逋（bū）：欠，引申为缺少。逋发：头发脱落变稀。料：料理，梳理。

6　缓：宽松。指人瘦衣带变松。几许：多少，这里偏用“多”义。许：语助词。末两句与《古诗十九首·行行重行行》“相去日已远，衣带日已缓”意思相近。

7　“因风”句：请风去打听消息。因：凭借。也是写女子思念情人的神魂痴迷。

8　敢：岂敢。即不呼名。字：表字。不唤名、不呼字都是爱怜的亲昵表示。

9　“连唤”句：犹今不断叫着“哥哥”或“亲爱的”之类。

10　奈何许：犹言怎么办哪！许：语助词。

11　“石阙”二句：见前《子夜歌》“崎岖相怨慕”注。

12　“飞龙”二句：飞龙只有死后才能放在药店做药，比喻女子因相思而重病欲绝。

13　徙倚；犹徘徊。躞蹀（xiè dié）：义同“徙倚”。

14　咡（èr）：谓咡丝，即蚕老吐丝。《淮南子·览冥》：“蚕咡丝商弦绝。”高诱注：“老蚕上下丝于口，故曰‘咡丝’。”（“咡”的本义即为口旁）句意是说用黄丝作素琴的弦。素琴：不加装饰的琴。

15　广陵散：琴曲名。据《晋书》记载，嵇康临刑时曾索琴弹此曲，说：过去曾有人向他提出学弹此曲，他舍不得传给他，现在此曲就要失传了。诗中既指琴曲，又隐谐“散”“绝”，喻男女恩情断绝，故女子要情人千万莫弹此曲。

16　星: 既指天上的星星，又谐音“心”，谓情人的态度不明显，让人捉摸不住。底: 什么。明: 既指月明，又隐指表明心迹的明。女子以月自喻，以星喻情人，谓月亮已落，再也不能用自己的光使星星明亮，教我拿什么向情人表明心迹呢？比喻极新美。

17　弹（tán）：用弹弓弹打。乌臼鸟：候鸟名，又名鸦舅，形似老鸦而小，黎明开始鸣叫，北方俗名黎雀。杀鸡弹鸟是免得它们惊破好梦。

18　冥: 黑夜。唐金昌绪《春怨》: “打起黄莺儿，莫教枝上啼。啼时惊妾梦，不得到辽西。”意境同此诗相近，当受到此诗影响。

19　“暂出”二句：写女子同情人去杨柳林中幽会。白门：南朝时，都城建业（今江苏省南京市）正南门，世称白门，后来成为南京的别称。可藏乌：既写杨柳繁茂，又隐指人藏其中。

20　沉水香: 香料名，用沉香木蒸馏制成，可作熏香。博山炉: 香炉名，形状像海中博山。两句是含隐语的比喻，谓将欢纳入怀抱。

21　三葛：葛布名。

22　解：会，能。粗疏：指葛布，葛布纺织较粗疏。断：既指剪断，又隐指爱情断绝。疏：既指葛布的粗疏，又指两人关系已开始疏远。女子整匹与之而不剪断，是希望情爱不要断绝。

团扇郎（选三首）[1]

[南朝]

乐府诗

一

七宝画团扇，灿烂明月光[2]。

饷郎却暄暑，相忆莫相忘[3]！

二

青青林中竹，可作白团扇。

动摇郎玉手，因风托方便[4]。

三

团扇薄不摇，窈窕摇蒲葵[5]。

相怜中道罢，定是阿谁非[6]。

注释

1　《团扇郎》属《吴声歌曲》。《乐府诗集》引《古今乐录》说："《团扇郎歌》者，晋中书令王珉，捉白团扇，与嫂婢谢芳姿有爱，情好甚笃。嫂捶楚婢过苦，王东亭（王珉之兄王珣，封东亭侯）闻而止之。芳姿素善歌，嫂令歌一曲，当赦之。应声歌曰：'白团扇，辛苦五流连，是郎亲所见。'珉闻，更问之：'汝歌何遗？'芳姿即改云：'白团扇，憔悴非昔容，羞与郎相见！'后人因而歌之。"原载古辞六首，多是借团扇抒写男女恋情。

2　七宝：七种珍宝。泛指用金、银、珍珠、玛瑙等多种宝物装饰的器物，如七宝床、七宝香车之类。画：这里是装饰的意思。团扇：有柄的圆扇，因古代宫中常用，也叫宫扇。明月光：形容洁白华丽，点出此扇系素娟制成。

3　饷：赠予。却：除去。暄暑：暑热。

4　玉手：形容手的洁玉细腻。托方便：指托扇把女子的情爱带给情人。

5　薄：语助词，与此歌第三首"犊车薄不乘"、第五首"御路薄不行"之"薄"同。窈窕：形容摇扇动作姿态美好。加在劣扇上面，含有不满、讽刺的意味。蒲葵：常绿乔木，叶甚大，作掌状分裂，可作扇，叫作蒲扇。

6　相怜：相爱。罢：废。阿谁：即"谁"，吴地方言。非：通"诽"，诽谤，说坏话。

长乐佳（选一首）[1]

［南朝］

乐府诗

红罗复斗帐，四角垂朱珰，

玉枕龙须席[2]，郎眠何处床[3]？

注释

1　《长乐佳》也是《吴声歌曲》，《乐府诗集》收古辞八首，均写恋情的欢乐。

2　这三句写床上四事。复斗帐：双重的方形蚊帐。朱珰：此指压帐角的红色玉石。玉枕：华丽的枕头。龙须席：用龙须草编织的席子，极名贵。

3　这句是问话，意指男子还有相好，上三句写那人的床。通篇精神全在此句点出，否则上三句索然无味。

懊侬歌（选二首）[1]

［南朝］

乐府诗

一

江陵去扬州，三千三百里。

已行一千三，所有二千在[2]。

二

我与欢相怜，约誓底言者[3]？

常叹负情人，郎今果成诈[4]！

注释

1　《懊侬歌》属《吴声歌曲》，也大多是女子口吻的情歌。《乐府诗集》载古辞十四首，引《古今乐录》说：“《懊侬歌》者，晋石崇绿珠所作，唯‘丝布涩难逢’一曲而已。后皆隆安（晋安帝年号）初民间讹谣之曲。”懊：懊恼，悔恨。

2　此写男子回家，归心似箭，时时计算行程，极得神理，清人王士祯称它“愈俚愈妙”（见《分甘余话》）。

3　底：何，什么。者：古音读 zhà。“我与”两句说，我同你相爱，我们立誓是怎么说的？

4　常叹：是女子和“郎”一起叹，故下句说“郎今果成诈”。此可见郎“诈”之甚，女子愤恨之深之烈。

| 延伸阅读 |

相和歌辞·懊恼曲

［唐］温庭筠

藕丝作线难胜针，蕊粉染黄那得深。

玉白兰芳不相顾，倡楼一笑轻千金。

莫言自古皆如此，健剑刜钟铅绕指。

三秋庭绿尽迎霜，惟有荷花守红死。

西江小吏朱斑轮，柳缕吐芽香玉春。

两股金钗已相许，不令独作空城尘。

悠悠楚水流如马，恨紫愁红满平野。

野土千年怨不平，至今烧作鸳鸯瓦。

华山畿（选十首）[1]

［南朝］

乐府诗

一

华山畿，君既为侬死，独生为谁施[2]？

欢若见怜时，棺木为侬开！

二

夜相思，投壶不停箭，忆欢作娇时[3]。

三

懊恼不堪止，上床解要绳，自经屏风里[4]。

四

啼著曙，泪落枕将浮，身沉被流去[5]。

五

啼相忆，泪如漏刻水，昼夜流不息[6]。

六

一坐复一起，黄昏人定后，许时不来已[7]。

七

相送劳劳渚，长江不应满，是侬泪成许[8]！

八

奈何许！天下人何限，慊慊只为汝[9]！

九

夜相思，风吹窗帘动，言是所欢来[10]。

十

长鸣鸡，谁知侬念汝，独向空中啼[11]。

注释

1　《华山畿》也是属《吴声歌曲》的情歌。《乐府诗集》载二十五首，引《古今乐录》说：“《华山畿》者，宋少帝时《懊恼》一曲，亦变曲也。少帝时，南徐一士子，从华山畿往云阳，见客舍有女子，年十八九，悦之无因，遂感心疾。母问其故，具以启母。母为至华山寻访，见女具说。闻感之，因脱蔽膝（系在腰前的围裙），令母密置其席下，卧之当已。少日果差（病情减轻）。忽举席见蔽膝，遂吞食而死。气欲绝，谓母曰：'葬时车载从华山度。'母从其意。比至女门，牛不肯前，打拍不动。女曰：'且待须臾。'妆点沐浴，既而出，歌曰：'华山畿，君既为侬死，独活为谁施？欢若见怜时，棺木为侬开！'棺应声开，女透入棺。家人叩打，无如之何，乃合葬。呼曰神女冢。"梁山伯与祝英台的故事，就是由这个带着神话色彩的美丽传说演变而成。华山：《焦仲卿妻》也提到此山："两家求合葬，合葬华山旁。"闻一多认为应是庐江郡（治所先在今安徽省庐江县西，汉末移至今安徽省潜山市）的一个小山名（见《乐府诗笺》）；也有人怀疑即今安徽省舒城县南的华盖山。

2　畿：山边。施：用。

3　投壶：古代游戏，多在宴饮时举行。以箭投入特制的壶，中多者为胜，负者饮酒。不停箭：有人认为"停"应作"得"，"不得箭"谓投不中箭，又隐谐"不得见"（见王运熙《六朝乐府与民歌——论吴声西曲考谐音双关语》）。作娇：指耍赖。这首是说，女子夜里思恋情人，无由得见，心绪无聊，投壶解闷，回忆起过去同情人玩这游戏时，情人投不中箭耍赖的情景，极含蕴有致。

4　堪：能。要绳：腰带。要：古"腰"字。自经：自缢，上吊。

5　啼著曙：哭到天亮。著："着"的本字。"身沉"句：说身子沉浸到泪水中被漂流而去。一说，"被"是被子，是说身沉泪水中而被子随泪水流去，也可通。手法极夸张，感情却极真实动人。

6　漏刻：古代计时器，又叫壶漏。用壶盛水，开孔滴漏到另一置有标尺的壶中，尺上刻有度数，根据漏水量的多少指示时间。

7　许：义同“几许”，几多、多少之意。已：语助词，用法同“矣”。诗写女子等候情人来会，黄昏以后许久，男子还没有来，她坐立不安，焦急地盼望着，担心他不会再来了。

8　劳劳渚：地名。建业（今江苏省南京市）城南有劳劳山，三国孙吴时山上建有劳劳亭（又名新亭，又名临沧观），为送别之处，劳劳渚当在附近。为女子送别情人之地。许：如此，这样。诗中说，长江的水本来没有这样满，是因为我的泪水流在江中，才变得这样。写女子盼望情人，泪流不止。夸张精绝，读来震撼人心，南唐李煜《虞美人》“问君能有几多愁，恰似一江春水向东流”即脱胎于此。

9　人何限：即人无限。慊（qiàn）慊：遗憾抱恨。指对所爱男子的倾慕、相思而言。

10　言：谓，以为。诗写女子盼望情人的专注出神，极深刻逼真。来：古音读 lí。

11　诗中以鸡啼隐谐啼哭，女子说她因为思念情人，一夜悲啼，直到天明。

石城乐（选二首）[1]

［南朝］

乐府诗

一

布帆百余幅，环环在江津[2]。

执手双泪落，何时见欢还！

二

闻欢远行去，相送方山亭[3]。

风吹黄蘗藩，恶闻苦离声[4]。

注释

1 《石城乐》属《西曲歌》。“西曲”是流行在今湖北西部和河南西北部的歌谣。石城，在今湖北省钟祥市。《乐府诗集》载《石城乐》五首，第一首（“生长石城下”）为南朝宋臧质所作，其他四首为民间歌谣，有三首是恋歌。

2 环环：环绕。江津：地名，又名江津戍，是江陵（今湖北省荆州市）城南长江上的一个码头。

3 方山亭：地名，当在石城附近一带。有人据《太平广记》引《幽明录》："东阳（郡名，属扬州）丁译出郭，于方山亭宿。"认为即此方山亭，在东阳城外。按，此诗写送别，其地当在此歌作者所在地方。

4 "风吹"句：黄蘖味苦。"藩"是篱笆。用黄蘖做成的篱笆自然就是苦篱，隐谐下句"苦离"。是用双关比喻写离别时的痛苦心情。恶（wù）：憎恨，厌恶。

| 延伸阅读 |

石城乐

［南朝］宋臧质

生长石城下，开窗对城楼。

城中诸少年，出入见依投。

莫愁乐（选一首）[1]

［南朝］

乐府诗

闻欢下扬州，相送楚山头[2]。

探手抱腰看，江水断不流[3]。

注释

1　《莫愁乐》也属《西曲歌》。《旧唐书·音乐志》说："《莫愁乐》出于《石城乐》。石城有女子名莫愁，善歌谣。《石城乐》和（众人齐唱的和声）中复有'莫愁'声，故歌云：'莫愁在何处，莫愁石城西。艇子打两桨，催送莫愁来。'"《乐府诗集》仅载上录和《旧唐书》所引古辞两首。

2　楚山：楚地的山。楚：指今长江中游一带地区，春秋战国时这里属楚国。

3　"江水"句：说江水也为人的离别悲伤万分，为之不流。一说谓女子希望江水不流，以免情人乘船东去，也可通。

襄阳乐（选五首）[1]

［南朝］

乐府诗

一

朝发襄阳城，暮至大堤宿[2]。
大堤诸女儿，花艳惊郎目[3]。

二

江陵三千三，西塞陌中央[4]。
但问相随否，何计道里长[5]。

三

黄鹄参天飞，中道郁徘徊[6]。
腹中车轮转，欢今定怜谁[7]。

四

扬州蒲锻环，百钱两三丛[8]。
不能买将还，空手揽抱侬。

五

女萝自微薄，寄托长松表[9]。

何惜负霜死，贵得相缠绕[10]！

注释

1 《襄阳乐》也属《西曲歌》。《古今乐录》说，此曲是宋随王刘诞之元嘉二十六年（449）任雍州（治所即在襄阳，即今湖北省襄阳市）刺史时，“夜闻诸女歌谣，因而作之”。《乐府诗集》收歌辞九首，大多是民间恋歌。

2 大堤：襄阳城外的长堤。《一统志》：“大堤在襄阳府城外。”汉水由北东南三面环绕襄阳，三面都有疏水的堤堰。

3 “大堤”二句：女子希望情郎不要被大堤女儿的花艳惊眩诱惑，要忠于他们的爱情。

4 江陵三千三：《那呵滩》也有此句（见后），当指从扬州至江陵的里程，从襄阳至江陵，不会绕道西塞。此首或系他曲误载于此。西塞：山名，在今湖北省大冶市东长江西岸。陌：路。“江陵”两句说，由扬州至江陵，西塞山正好在路途中央。

5 道里：路途里程。此首写男女结伴去江陵，故后两句说，只要相随而行，路途再远也没关系。

6 黄鹄（hú）：即天鹅。中道：指半空中。郁：形容飞行时缓慢艰难的样子。

7 “腹中”句：形容疑虑忧思像车轮在腹中转动那样回环往复，没有休止。这是当时的习用比喻，有时也用“肠中车轮转”。末句是猜疑情人定有新爱。因为珍惜爱情，故对周围的一切都极敏感，连黄鹊的飞动也被看作征兆，逼真人物心理。

8 蒲锻环：不详，当是女子喜爱的一种扬州特产，此物百钱可买“二三丛”，并不昂贵。从第三句，知女子曾嘱咐男子买些带回，大约男子由于粗心，忘了此事，因而惹得女子嗔怪。

9 “长松”句：指女萝缠绕在高大的松树树干外面。

10 “何惜”二句：是用女萝之藤经霜枯死，仍然缠绕在树干上，比喻爱情的至死不渝。

｜延伸阅读｜

襄阳乐

［唐］郑 锡

春生岘首东，先暖习池风。

拂水初含绿，惊林未吐红。

渚边游汉女，桑下问庞公。

磨灭怀中刺，曾将示孔融。

三洲歌（选二首）[1]

［南朝］

乐府诗

一

送欢板桥湾，相待三山头[2]。

遥见千幅帆，知是逐风流[3]。

二

风流不暂停，三山隐行舟[4]。

愿作比目鱼，随欢千里游[5]。

注释

1 《旧唐书·音乐志》称《三洲歌》是商人歌，《古今乐录》说是“商客数游巴陵三江口往还，因共作此歌”。《乐府诗集》载古辞三首，均写同商人的恋情。

2 板桥湾：即板桥，据《建康志》卷十六，在建康城南三十里。三山：在今南京市西南，上有三峰。首句送别，次句盼归。

3 逐风流：语意双关，既指帆船乘风行驶，也指追逐风流韵事，隐含着对情人的不放心。

4　此首紧接上篇，谓所见非情人之舟，已乘风远去。

5　比目鱼：即鲽，旧说此鱼一目，其目相对的两鱼成对而游，故用来比喻夫妻。女子既思念所欢，又担心别有所遇，因此心想，若能与他同往，朝夕相伴，那该多好！

|延伸阅读|

三洲歌

［明］陈子龙

相送巴陵口，含泪上舟行。

不知三江水，何事亦分流？

采桑度（选一首）[1]

［南朝］

乐府诗

春月采桑时，林下与欢聚。

养蚕不满百，那得绣罗襦[2]。

注释

1　《采桑度》属《西曲歌》，《旧唐书·音乐志》说它“因《三洲曲》而生”，梁时作。采桑度即屈县（今山西省石楼县东南）西南的采桑津（渡口）。《乐府诗集》收古辞七首。本篇写女子采桑时与欢在桑林中欢聚，一边采桑，一边交谈，情景极动人。

2　百：当指一百簸箩。

青阳度（选一首）[1]

［南朝］

乐府诗

青荷盖绿水，芙蓉披红鲜。

下有并根藕，上生并目莲[2]。

注释

1 《青阳度》也属《西曲歌》,《古今乐录》说它是“倚歌”，“凡倚歌悉用铃鼓，无弦有吹（吹奏乐）。”“度”也是渡口之意。《乐府诗集》载古辞三首。本篇写女子采莲时因莲藕念及配偶，希望获得美好的爱情。

2 并目莲：即并蒂莲、并头莲，指一蒂两心的莲花。并根藕、并目莲均隐喻配偶。

那呵滩（选二首）[1]

［南朝］

乐府诗

一

江陵三千三，何足持作远[2]。

书疏数知闻，莫令信使断[3]。

二

闻欢下扬州，相送江陵湾[4]。

愿得篙橹折，交郎到头还[5]。

注释

1　《那呵滩》也是《西曲歌》，《古今乐录》说它“多叙江陵及扬州事”，那呵是滩名。有人认为，“那呵”即“奈何”。（见王运熙《六朝乐府民歌》）《乐府诗集》收古辞六首。

2　江陵三千三：指从扬州至江陵的里程。持作远：当作远。

3　信使：寄信的人。

4　江津湾：见前《石城乐》注。

5　交：同“教”。到头还：即倒头还。“到”“倒”古字通。后两句设想极新奇。

| 延伸阅读 |

那呵滩（选四首）

［南朝］乐府诗

其一

我去只如还。终不在道边。
我若在道边。良信寄书还。

其二

沿江引百丈，一濡多一艇。
水上郎担篙，何时至江陵。

其五

篙折当更觅，橹折当更安。
各自是官人，那得到头还。

其六

百思缠中心，憔悴为所欢。
与子结终始，折约在金兰。

孟珠（选四首）[1]

［南朝］

乐府诗

一

阳春二三月，草与水同色。
攀条摘香花，言是欢气息[2]。

二

扬州石榴花，摘插双襟中。
葳蕤当忆我，莫持艳他侬[3]。

三

阳春二三月，草与水同色。
道逢游冶郎，恨不早相识[4]。

四

适闻梅作花，花落已成子。
杜鹃绕林啼，思从心下起[5]。

注释

1 《孟珠》又名《丹阳孟珠歌》，也是“西曲”，孟珠当为女子名。《乐府诗集》收古辞十首。

2 采香花而念及所欢，足见怜爱之痴情。

3 “莫持”句：莫把此花拿去打扮其他女子，即不要再同别的女子相爱。艳：作动词，使之艳美。侬：称第三人称的女性。

4 游冶郎：即野游郎。诗写得遇所爱的欢欣。

5 杜鹃：鸟名，又名子规、杜宇，夏季始鸣。梅花结子、杜鹃鸣叫表明春天已过，因而勾起女子青春易逝之感，希望得到美好的爱情。

| 延伸阅读 |

孟 珠

［南朝］乐府诗

望欢四五年，实情将懊恼。

原得无人处，回身与郎抱。

夜　黄[1]

［南朝］

乐府诗

湖中百种鸟，半雌半是雄。

鸳鸯逐野鸭，恐畏不成双。

注释

1　《夜黄》是《西曲歌》中的倚歌，《乐府诗集》仅收古辞一首。此诗以鸳鸯野鸭为喻，讲出了一个极普通却极重要的道理：美满的爱情必须双方般配。

夜度娘[1]

［南朝］

乐府诗

夜来冒霜雪，晨去履风波[2]。

虽得叙微情，奈侬身苦何！

注释

1　《夜度娘》也是《西曲歌》中的倚歌，《乐府诗集》仅收古辞一首。在封建社会中，不少互相爱悦的男女往往不能结为伴侣，这就是一部分不正常的爱情生活产生的原因。此诗写女子夜里去同情人幽会，就是这种情况。

2　履风波：双关语，既指涉水，也指怕人发觉，担受风险。

平西乐[1]

［南朝］

乐府诗

我情与欢情，二情感苍天。

形虽胡越隔，神交中夜间[2]。

注释

1　《平西乐》也是《西曲歌》中的倚歌，《乐府诗集》仅收这首古辞。诗写女子同情人相隔千里，而两心相连。

2　形：形体，身子。胡：指西北方，我国古代称西北方少数民族为“胡”。越：指今浙江一带地方，春秋战国时期这里为越国之地。神：精神，神魂。神交：指相互怀念。中夜：夜半。

攀杨枝[1]

［南朝］

乐府诗

自从别君来，不复著绫罗。

画眉不注口，施朱当奈何[2]？

注释

1 《攀杨枝》也是《西曲歌》中的倚歌，《乐府诗集》仅收这首古辞，写女子因情人不在，无心打扮。

2 画眉：语意双关，既是鸟名，又指描画眉毛。不注口：语意双关，既指画眉鸟鸣叫不止，又指下句的“施朱”，即不涂抹口红。

拔 蒲[1]

［南朝］

乐府诗

一

青蒲衔紫茸，长叶复从风[2]。

与君同舟去，拔蒲五湖中[3]。

二

朝发桂兰渚，昼息桑榆下[4]。

与君同拔蒲，竟日不成把[5]。

注释

1　《拔蒲》也是《西曲歌》中的倚歌。《乐府诗集》收古辞二首，写青年男女劳动中的爱情生活。

2　蒲：指香蒲，生于沼泽地的多年生大型草本植物。“叶长广线形，长约四五尺，绿色，夏于丛叶中抽生花梗，花穗生顶端，圆柱形，果穗直立，圆柱形，紫褐色，俗称蒲槌。嫩茎可食，叶可编制扇、席，花粉黄色，叫蒲黄，可入药。从风：指被风吹拂。

3　五湖：这里泛指湖泊。

4　桂兰渚：长着桂、兰的小洲。

5　竟日：终日。余冠英说："拔蒲终日，所得不足一把，可见心不在拔蒲。《诗经·卷耳》'采采卷耳，不盈顷筐'，情形正相似。但这是写欢乐，那是写相思。"

| 延伸阅读 |

卷　耳

［先秦］《诗经·周南》

采采卷耳，不盈顷筐。

嗟我怀人，寘彼周行。

陟彼崔嵬，我马虺隤。

我姑酌彼金罍，维以不永怀。

陟彼高冈，我马玄黄。

我姑酌彼兕觥，维以不永伤。

陟彼砠矣，我马瘏矣。

我仆痡矣，云何吁矣！

东飞伯劳歌[1]

［南朝］

乐府诗

东飞伯劳西飞燕，黄姑织女时相见[2]。
谁家女儿对门居，开颜发艳照里闾[3]。
南窗北牖挂明光，罗帷绮帐脂粉香[4]。
女儿年几十五六，窈窕无双颜如玉。
三春已暮花从风，空留可怜与谁同[5]。

注释

1　此诗属乐府《杂曲歌辞》，《玉台新咏》卷九、《艺文类聚》卷四十三和《乐府诗集》卷六十八并作古辞，《文苑英华》卷二百六题梁武帝作。诗写男子倾慕一个经常见面的美丽姑娘，却又无法同她一诉心曲、结为同心的心情，极真切感人。

2　黄姑：星名，即河鼓，又称牵牛，在银河南，同银河北的织女星遥遥相望。这两句比喻男子同对门居住的姑娘常常见面却无交往。

3　开颜发艳：谓女子开颜一笑，光彩照人。里间：犹言“里弄”。古代二十五家为“里”，“间”为里巷的大门。

4　牖（yǒu）：窗户。明光：指白日，以喻女子容光照人。曹植《美女篇》：“容华耀朝日。”阮籍《咏怀》：“西方有佳人，皎若白日光。”

5　花从风：花被风吹落，喻女子青春易逝，容颜变衰。可怜与谁同：即谁与同怜（爱）之意，是用惋惜女子青春表达倾慕之情。

|延伸阅读|

咏　怀

［三国］阮　籍

西方有佳人，皎若白日光。

被服纤罗衣，左右佩双璜。

修容耀姿美，顺风振微芳。

登高眺所思，举袂当朝阳。

寄颜云霄间，挥袖凌虚翔。

飘飖恍惚中，流盼顾我傍。

悦怿未交接，晤言用感伤。

西洲曲[1]

[南朝]

乐府诗

忆梅下西洲，折梅寄江北[2]。
单衫杏子红，双鬓鸦雏色[3]。
西洲在何处？两桨桥头渡。
日暮伯劳飞，风吹乌臼树[4]。
树下即门前，门中露翠钿[5]。
开门郎不至，出门采红莲。
采莲南塘秋，莲花过人头。
低头弄莲子，莲子青如水[6]。
置莲怀袖中，莲心彻底红[7]。
忆郎郎不至，仰首望飞鸿[8]。
鸿飞满西洲，望郎上青楼[9]。
楼高望不见，尽日栏杆头。
栏杆十二曲，垂手明如玉。

卷帘天自高，海水摇空绿[10]。

海水梦悠悠，君愁我亦愁。

南风知我意，吹梦到西洲[11]。

注释

1　此诗《乐府诗集》编入《杂曲歌辞》，是南朝乐府古辞，写女子对情人的忆念，有人以为可能作于梁代。篇中辞意联绵，音韵优美，是南朝乐府中较著名的作品。

2　下西洲：到西洲去。西洲：所在不详。唐温庭筠《西洲曲》说：“西洲风色好，遥见武昌楼。”可能在武昌附近。这两句说，女子忆及过去曾同情人在西洲梅下欢聚，今春梅花又开，曾前往折取花枝，寄与身在江北的情人。此诗作于深秋，从开头至“飞鸿”，均为回忆，写女子由春至秋，从早（“开门”）到晚（“尽日”）对情人的忆念。也有将“下”解释为“落”，认为梅落时节是本诗中男女共同纪念的时节。

3　“单衫”二句：写衣之红、发之黑。

4　伯劳：鸟名，也写作“博劳”，仲夏（四月）始鸣，喜欢单栖。乌臼：一作乌桕，落叶乔木，叶大圆而尖，秋天变红，夏日开小黄花。

5　翠钿：翠玉制的妇女首饰。

6　莲子：隐谐“怜（爱）子（你）”之意。

7　莲心：隐谐“怜心”，即相爱之心。彻底红：从表皮到内里全是红透了的。

8　鸿：鸿雁。古代有鱼雁传书的说法，此时为深秋，鸿雁南飞，望飞鸿有盼望书信之意。

9　青楼：青漆涂饰的楼，古代用指贵家美女所居，曹植《美女篇》：“青楼临大路，高门结重关。”唐宋以后始用指妓院。

10　“卷帘”二句：有两种解释，一说内地人有呼江为海的，“海水”即指江水；一说此二句倒装，谓秋夜的一片蓝天像大海，风吹帘动，隔帘见天便觉似海水滉漾。（见余冠英《汉魏六朝诗选》）

11　“吹梦”句：西洲是同情人欢聚之地，“梦”即思念情人之梦。

苏小小歌[1]

[南朝]

乐府诗

我乘油壁车，郎骑青骢马[2]。

何处结同心，西陵松柏下。

注释

1　此诗又名《钱塘苏小小歌》。《乐府解题》说，苏小小是钱塘（今杭州市）名倡，南齐时人，诗中的西陵在钱塘江之西。《乐府诗集》收入《杂曲歌辞》，题为古辞。诗写苏小小同情郎相约，去西陵缔结同心。

2　油壁车：用油涂饰车壁的车。青骢马：青白色的马，今名菊花青。

黄淡思歌辞（选一首）[1]

［北朝］

乐府诗

心中不能言，腹作车轮旋[2]。

与郎相知时，但恐傍人闻。

注释

1 《乐府诗集》于《横吹曲辞》收《黄淡思歌辞》四首，均为古辞。此首写女子同情人初次约会的紧张羞涩心理。

2 腹：《乐府诗集》作“复”，此从《古乐府》卷三改。句意是说激动之情像车轮在腹中转动一样，回环往复，不能停止。

捉搦歌（选二首）[1]

［北朝］

乐府诗

一

谁家女子能行步，反著裌禅后裙露[2]。

天生男女共一处，愿得两个成翁妪[3]。

二

黄桑柘屐蒲子履，中央有系两头系[4]。

小时怜母大怜婿，何不早嫁论家计。

注释

1 《捉搦歌》属《梁鼓角横吹曲》，《乐府诗集》收古辞四首。“捉搦（nuò）”犹言捉拿，当是谓男女追逐捉拿嬉戏。

2 能行步：指擅长行走奔跑。反著裌禅：指将裌禅衣服前后反穿，衣襟在后，故后裙外露。裌（jiá）：裌衣。禅（dān）：单衣。

3 成翁妪（yù）：成夫妇。翁、妪为老年男女，此处有白头到老之意。此首表达了愿有情人皆成眷属的美好愿望。

4 黄桑：即柘树，常绿灌木，叶椭圆，边缘有锯齿，可喂蚕，皮可作黄色染料。蒲子履：用蒲草编织的鞋子。屐（jī）：鞋的一种，此指木屐，用木做鞋底，下有齿，用来登山或踏泥泞。前一“系”是系鞋的丝带，后一“系”字作联系解释。这两句是用柘屐蒲鞋都有丝带联系两头（喻指娘家和夫家），兴起下文女子盼望早日出嫁。

| 延伸阅读 |

捉搦歌

［宋］姚 宽

双蝶护花飞，老女怨春暮。

扑蝶金粉销，折花颜色故。

窗中声唧唧，雨泣至天曙。

问婆许嫁女，莫要择门户。

愿得不单栖，任他流浪去。

折杨柳歌辞（选一首）[1]

［北朝］

乐府诗

腹中愁不乐，愿作郎马鞭。

出入擐郎臂，蹀座郎膝边[2]。

注释

1　《折杨柳歌辞》也属《梁鼓角横吹曲》，《乐府诗集》收古辞五首。此首写女子愿作马鞭，时刻不离情郎，比喻新奇，当是游牧地区的女子所作。

2　擐（huàn，又读 guān）：套挂。蹀（dié）座：在座位旁边立着。蹀：踩，踏。

折杨柳枝歌（选三首）[1]

[北朝]

乐府诗

一

门前一株枣，岁岁不知老[2]。

阿婆不嫁女，那得孙儿抱[3]。

二

敕敕何力力，女子临窗织[4]。

不闻机杼声，只闻女叹息[5]。

三

问女何所思，问女何所忆。

阿婆许嫁女，今年无消息[6]。

注释

1　《乐府诗集》收《折杨柳枝歌》古辞四首。此首写女子希望早嫁，极坦率质朴。

2　“门前”二句：是用枣树比阿妈，阿妈不知自己变老，所以不知女儿一年一年长大，应当出嫁，以兴起下文。

3　阿婆：对母亲的称呼。此首同下面两首诗意联贯。

4　敕敕、力力：都是叹息声。何：语助词，犹“啊”，无义。《木兰辞》“唧唧复唧唧”，一作“唧唧何力力”，“复”犹“啊”，“何”亦当为“啊”。

5　机杼（zhù）：织机的梭子。

6　许：应许，答应。

| 延伸阅读 |

折杨柳枝歌

［北朝］乐府诗

上马不捉鞭，反拗杨柳枝。

下马吹长笛，愁杀行客儿。

寄阮郎[1]

［隋］

张碧兰

郎如洛阳花，妾似武昌柳。

两地惜春风，何时一携手[2]？

注释

1　张碧兰，生平不详。此诗载《古诗类苑》卷九十五和《诗纪》卷一百二十八，本事已不可考。全诗比喻优美，意蕴悠长，颇耐咀嚼。

2　两人离居，致使春光虚度，至为可惜。

十索（选二首）[1]

［隋］

丁六娘

一

裙裁孔雀罗，红绿相参对[2]。
映以蛟龙锦，分明奇可爱[3]。
粗细君自知，从郎索衣带[4]。

二

君言花胜人，人今去花近[5]。
寄语落花风，莫吹花落尽[6]。
欲作胜花妆[7]，从郎索红粉。

注释

1　《乐府诗集》将此诗收入隋代《近代曲辞》，载丁六娘辞四首，另载无名氏辞二首，《选诗拾遗》并作丁六娘辞。丁六娘，名字和生平均不详。

2　罗：绫罗。孔雀罗：绘有孔雀图案的绫罗。“红绿”句：谓红绿二色对照辉映。

3　蛟龙锦：与首句对文，指用绘有蛟龙图案的织棉缝作锦袍，使之和孔雀罗裙相互辉映。

4　粗细：指身材。向情郎索取衣带，束系锦袍。“君自知”谓男子同女子常在一起，故知她的身材。写二人之亲近。此首从缝制衣裙表现女子的深情和爱情的欢乐。

5　君：指情人。人：女子自谓。句意谓人快要同花一样美艳。

6　寄语：传话，即告知之意。

7　“欲作”句：谓女子要对照着枝上的鲜花来收拾打扮，使自己的美艳胜过鲜花。此首写女子同情人相互戏谑，情人说花的艳丽胜过人，女子偏偏不服气，定要同花比试一番。

子夜四时歌（选三首）[1]

［唐］

郭元振

春 歌

青楼含日光，绿池起风色[2]。

赠子同心花，殷勤此何极[3]！

注释

1 这是用乐府旧题描写男女恋情的作品，朴素自然，风格同六朝民歌相近。

2 风色：风势。

3 何极：哪有终极，即没有终极。

秋　歌

一

邀欢空伫立，望美频回顾[1]。

何时复采菱，江中密相遇？

二

辟恶茱萸囊，延年菊花酒[2]。

与子结绸缪，丹心此何有[3]。

注释

1　美：指所爱男子，即上句的“欢”。

2　茱萸（zhū yú）：植物名，香味浓烈，可入药。古代有重阳节（九月九日）佩茱萸囊辟恶去邪的风俗。菊花酒：以菊花浸泡的酒，清凉解暑，对人体健康很有好处。

3　绸缪（móu）：情意缠绵。结绸缪：即相爱。丹心：犹赤心，忠贞的心。何有：何如。诗中是用疑问表示肯定。

春江曲[1]

［唐］

郭元振

江水春沉沉，上有双竹林[2]。
竹叶坏水色，郎亦坏人心[3]。

注释

1　《乐府诗集》引本篇作者郭元振云：“《春江》，巴女曲也。”此诗以江水竹叶为喻，写女子的相思之苦。

2　沉沉：水盛的样子。

3　坏人心：指因相思而心情痛苦。人：女子自谓。

采莲曲[1]

［唐］

徐彦伯

妾家越水边，摇艇入江烟[2]。
既觅同心侣，复采同心莲[3]。
折藕丝能脆，开花叶正圆[4]。
春歌弄明月，归棹落花前。

注释

1　《采莲曲》为南朝乐府旧题。此诗写女子希望在采莲中觅得相爱的人，描绘出一幅优美的江上采莲图。

2　越水：越地（今浙江一带）的水。江烟：江上烟霭迷漫处。

3　莲：既指莲子，又隐谐“怜（爱）”。

4　折：折断。这里指采得。藕：既指莲藕，义隐谐配偶。丝：既指藕丝，又隐谐“思”。脆：断。句意谓只有觅得相爱的人，相思才能消除。

如意娘[1]

［唐］

武则天

看朱成碧思纷纷，憔悴支离为忆君[2]。

不信比来常下泪，开箱验取石榴裙[3]。

注释

1　这是武则天自创曲调名。武则天的诗文，大多系元万顷、崔融等人代作，看此诗内容，似非旁人所拟。诗中通过精神、形体、情感三个方面的形象描绘，把女子相思的痛苦，刻画得极深刻，历来为人称道。

2　看朱成碧：把红色看成绿色。写因“思纷纷”而精神恍惚，不辨五色。语出南朝梁王僧孺《夜愁示诸宾》：“谁知心眼乱，看朱忽成碧。”纷纷：纷繁紊乱。支离：形体病残或衰弱的样子。宋苏轼《次韵王定国马上见寄》：“昨夜霜风入袂衣，晓来病体更支离。”

3　比来：近来。

袍中诗[1]

[唐]

开元宫人

沙场征戍客，寒苦若为眠[2]。
战袍经手作，知落阿谁边？
蓄意多添线，含情更著绵[3]。
今生已过也，结取后生缘[4]。

注释

1 《全唐诗》注云：“开元中，赐边军纩衣（绵衣），制自宫人。有兵士于袍中得诗，白（报告）于帅。帅上之朝（将诗上报朝廷）。明皇以诗遍示六宫，一宫人自称万死。明皇（唐玄宗李隆基）悯之，以妻得诗者，曰：‘朕与尔结今生缘也。’”封建社会的宫廷，不知葬送了多少少女的青春。此诗作者表达的对爱情的强烈愿望，正是所有宫女的共同心声。末尾的绝望悲鸣，读之令人战栗。

2 沙场：战场。征戍客：征战驻防的士兵。戍：驻守。若为：即何为、怎样、如何的意思。

3　蓄意：与“含情”意同。“蓄”也是“含”的意思。

4　后生：来生，来世。

| 延伸阅读 |

题洛苑梧叶上

［唐］天宝宫人

旧宠悲秋扇，新恩寄早春。

聊题一片叶，将寄接流人。

江南行[1]

[唐]

张　潮

茨菰叶烂别西湾，莲子花开不见还[2]。

妾梦不离江上水，人传郎在凤凰山[3]。

注释

1　这首七绝通篇扣住离别之地的景物，写女子对情人的刻骨思念。

2　茨菰：即慈姑，水生植物名。秋开白花，叶烂当在秋冬之交。西湾：当为长江边上的一个地方。莲花夏天开。两句写江边相别，时间已久。

3　凤凰山：所指不详，杭州、成都、福建、陕西等省市有同名的山。两句紧接上文，写思念之苦，说女子苦苦盼望情人，情人不仅长期不归，而且行踪不定，音信不通；因为送别是在江边，所以女子做梦也不离江水，而传说情人却在陆地滞留，难卜归期。

题都城南庄[1]

[唐]

崔 护

去年今日此门中，人面桃花相映红[2]。

人面只今何处去，桃花依旧笑春风[3]。

注释

1 唐孟棨《本事诗·情感》："博陵（郡名，治所在今河北省定州市）崔护，姿质甚美，而孤洁寡合。举进士下第。清明日，独游都城南，得居人庄。一亩之宫，而花木丛萃，寂若无人。叩门久之，有女子自门隙窥之，问曰：'谁耶？'以姓字对，曰：'寻春独行，酒渴求饮。'女入，以杯水至，开门设床（胡床，即今马扎）命坐，独倚小桃斜柯伫立，而意属殊厚，妖姿媚态，绰有余妍。崔以言挑之，不对，目注者久之。崔辞去，送至门，如不胜情而入。崔亦睠盼而归。嗣后绝不复至。及来岁清明日，忽思之，情不可抑，迳往寻之。门墙如故，而锁扃之。因题诗于左扉曰：'去年今日此门中……'"后数日又去寻访，则女子见诗相思成疾，已经气绝，崔抚之大哭，方才复苏，两人终成眷属。所记与实事容有出入，但此诗确有本事，则无可疑。此诗境界极美，故事又极带传奇色彩，后来元人白朴、尚仲贤均据此创作了《崔护谒浆》杂剧，明人孟称舜又编写了《桃花人面》杂剧。

2　“人面”句：写人面同桃花一样艳丽。

3　“桃花”句：是说桃花仍像去年一样红艳，依旧在春风中微笑。

｜延伸阅读｜

柳梢青

［宋］蔡　伸

联璧寻春，踏青尚意，年时携手。

此际重来，可怜还是，年时时候。

阴阴柳下人家，人面桃花似旧。

但原年年，春风有信，人心长久。

长相思[1]

[唐]

陈　羽

相思长相思，相思无限极[2]。
相思苦相思，相思损容色。
容色真可惜，相思不可彻[3]。
日日长相思，相思肠断绝。
肠断绝，泪还续，
闲人莫作相思曲[4]。

注释

1　《长相思》是六朝乐府旧题，内容均写男女相思之情。本篇从“长”和“苦”两个方面，写相思对人的折磨。全诗十一句，“相思”二字出现了十次，有的一句中就重复叠用，以加重突出主题，写法很有特色。

2　无限极：即无终极，无尽头。

3　不可彻：没有完结。

4　末句意谓，因为相思曲太悲苦，所以作者劝没有相思情事的人莫写此曲，以免写者伤情，读者生悲。这是劝诫，也是慨叹，仍是在写相思之苦。

| 延伸阅读 |

长相思

［唐］白居易

汴水流，泗水流，

流到瓜洲古渡头，吴山点点愁。

思悠悠，恨悠悠，

恨到归时方始休，月明人倚楼。

初发太原途中寄太原所思[1]

［唐］

欧阳詹

驱马觉渐远，回顾长路尘[2]。
高城已不见，况复城中人[3]？
去意自未甘，居情谅犹辛[4]。
五原东北晋，千里西南秦[5]。
一屦不出门，一车无停轮[6]。
流萍与系匏，早晚期相亲[7]。

注释

1 据《唐诗纪事》记载，作者游太原（今山西省太原市西南晋源镇），悦一妓，离别时，与妓相约，回到京城长安（今陕西省西安市）后，即来迎接她。上面这诗，就是作者赴长安途中所作。时间约在贞元十五、十六两年（799、800）中。（参看下太原妓诗注）诗写途中相思之情，表达愿与对方共守期约，感情真挚深沉。苏轼《南乡子·送述古》："回首乱山横，不见居人只见城。”就是化用此诗“高城已不见，况复城中人”诗意。

2　长路尘：作者所骑的马扬起的路上的尘土。“长路”隐喻思情的悠长。

3　高城：指太原城。城中人：暗指所悦的妓女。

4　“去意”二句：谓离去的人（指自己）不愿离开，留居城中的（指妓女）心里也很痛苦。谅：揣度之词，想来。

5　五原：指长安，唐代京师长安、万年二县有毕原、白鹿原、少陵原、高阳原、细柳原，称五原。原：高平之地。晋：指太原，其故城春秋时名晋阳。太原在长安东北。秦：指长安，古代为秦国之地，并在秦都咸阳附近。“千里西南秦”是说秦在太原西南千里之外。两句意境与杜甫《春日忆李白》“渭北春天树，江东日暮云”相似，谓两人在异地相互怀念。

6　屦（jù）：麻、葛等制成的单底鞋。这句写作者不外出交游。“一车”句：渭女子门前不停一车，即女子不接待宾客。等待着作者来迎接。写两人遵守期约。

7　流萍：随水漂荡的浮萍，作者自指。他是晋江（今福建晋江）人，当时在长安任国子监四门助教。系匏（páo）：系挂着的匏瓜，喻指妓女。语出《论语·阳货》：“吾岂匏瓜也哉，焉能系而不食！”诗中谓女子闲居在家。早晚：犹言总有一天。期：期望。两句谓作者定会去迎接对方，两人终会相会相亲。

寄欧阳詹[1]

［唐］

太原妓

自从别后减容光，半是思郎半恨郎[2]。

欲识旧来云髻样，为奴开取缕金箱[3]。

注释

1　太原妓，名不详。《全唐诗》仅录其诗一首（即本篇），题下注云：“欧阳詹游太原，悦一妓，约至都相迎。别后，妓思之，疾甚，乃刃髻（用刀割下发髻）作诗寄詹，绝笔而逝。”《唐诗纪事》所载有关文字与此相同，并说，妓将诗和发髻让一妓转交欧阳詹，欧阳詹到太原见到后，一恸而卒。当时诗人孟简曾作《咏欧阳行周（欧阳詹字）事》（载《全唐诗》卷四百七十三）哀悼其事，将欧阳詹比为《孔雀东南飞》中殉情而死的庐江小吏，看来确有其事。欧阳詹约死于贞元十七、十八两年（801、802）中，此诗约作于十六、十七两年，真正是作者用鲜血写出来的。

2　“恨”是更深更甚的“思”。

3　缕金箱：指饰有金线的藏发髻的箱子。

采莲子[1]

[唐]

皇甫松

船动湖光滟滟秋，贪看年少信船流[2]。

无端隔水抛莲子，遥被人知半日羞[3]。

注释

1 这是一首民歌体的七绝。诗中通过细节和心理描写，表现采莲女子对爱情的追求，把她既聪明大胆，又纯朴天真的性格，写得活跳纸上。

2 滟（yàn）滟：水波闪动的样子。这句是说，船划破湖面，水波荡漾，映出美丽的秋色。年少：女子倾慕的青年男子。信船流：任凭船随水漂流。

3 无端：无缘无故，没来由。莲子：语意双关，谐音“怜子（爱你）”。两句是女子的自怨自责。抛莲子本来背着别人，却偏偏被人远远看见，所以女子心想：干吗抛莲子呢？倒被人看了去，叫人害羞了这半日。

竹枝词[1]

［唐］

刘禹锡

其一

山桃红花满上头，蜀江春水拍山流[2]。
花红易衰似郎意，水流无限似侬愁。

其二

杨柳青青江水平，闻郎江上踏歌声[3]。
东边日出西边雨，道是无晴却有晴[4]。

注释

1　据此诗小引说，《竹枝词》是“巴歈”（巴渝一带的民歌），歌唱时，“吹短笛击鼓以赴节，歌者扬袂（衣袖）睢舞，以曲多为贤”，气氛之热烈，令人神往。作者仿作共两组十一首，是他任夔州（治所在今重庆市奉节县）刺史期间所作。此首以红花江水为喻，写女子对郎意易衰的怨恨，叹惋深沉，意味无尽。

2　上头：指山头。

3　踏歌：歌唱时以脚踏地为节拍。一作“唱歌”。

4　两“晴”字语意双关，既指阴晴，也指情爱。此首双关比喻极精妙，常常被人称引。

｜延伸阅读｜

竹枝词

［唐］李　涉

十二山晴花尽开，楚宫双阙对阳台。

细腰争舞君沉醉，白日秦兵天下来。

采莲曲[1]

［唐］

白居易

菱叶萦波荷飐风，荷花深处小船通[2]。

逢郎欲语低头笑，碧玉搔头落水中[3]。

注释

1　此诗是用乐府旧题写男女恋情，少女欲语低头的羞涩神态，以及搔头落水的细节描写，都自然逼真，意味无穷。

2　菱：俗称菱角，一年生水生草本植物，水上之叶呈菱形。荷：指荷叶。下句写花。

3　搔头：簪的别名。

感情[1]

［唐］

白居易

中庭晒服玩[2]，忽见故乡履。

昔赠我者谁？东邻婵娟子[3]。

因思赠时语：特用结终始[4]。

永愿如履綦，双行复双止[5]。

自吾谪江郡，漂荡三千里[6]。

为感长情人，提携复到此[7]。

今朝一惆怅，反复看未已。

人只履犹双[8]，何曾得相似！

可叹复可惜，锦表绣为里[9]。

况经梅雨来，色黯花草死[10]。

注释

1　感情：有感于女子的深情。此诗写作者看见从前故乡一女子所赠之履，想起她对自己的一片深情，以未能同她结为终身伴侣而深深抱恨。所写情事富有生活气息和典型意义，极真切感人。作者元和十年（815）六月贬江州（治所在今江西省九江市）司马，秋天到任，此诗当是元和十一、十二年间所作，当时作者已四十五六岁。

2　中庭：堂屋前面的庭院。服玩：服装和玩赏的东西。

3　婵（chán）娟子：美好的姑娘。这句暗用宋玉《登徒子好色赋》"臣里（里弄）之美者，莫若臣东家之子（女子）"语意，写赠鞋女子的美丽。

4　结终始：即结终身，结为夫妻之意。

5　永愿：深愿。綦（qí）：鞋带。两句是说深望两人如鞋子和鞋带，无论行走或停留都双双一处，永不分离。

6　谪：古代官吏因罪被降职或流放。江郡：即江州。三千里：指京城长安至江州的距离，贬谪前作者在京任太子左赞善大夫。

7　长情人：深情的人。提携：携带。

8　只：只身，孤单一人。

9　"锦表"句：鞋子的面子用锦缎制作，里子绣有花纹。

10　梅雨：即黄梅雨，江南初夏梅初熟时雨期较长的连阴雨天气。花草：指鞋上绣的花草花纹。死：指生了霉苔色彩黯淡褪色，显得不鲜亮。

长相思[1]

［唐］

白居易

九月西风兴，月冷霜华凝[2]。
思君秋夜长，一夜魂九升[3]。
二月东风来，草拆花心开[4]。
思君春日迟，一日肠九回[5]。
妾住洛桥北，君住洛桥南[6]。
十五即相识，今年二十三。
有如女萝草，生在松之侧，
蔓短枝苦高，萦回上不得。
人言人有愿，愿至天必成[7]。
愿作远方兽，步步比肩行[8]。
愿作深山木，枝枝连理生！

注释

1 《长相思》为六朝乐府旧题。此诗写女子十五岁就爱上邻里一个男子，从秋到春，无时无刻不在想念着他，八年以后，仍然一往情深，渴望同他结为夫妻，描写细腻，读来婉转缠绵，扣人心扉。从内容看，也有可能写的就是《感情》中赠履给作者的那位女子。

2 兴：起。霜华：霜花。

3 秋夜长：谓因为思念，夜不能寐，故倍感秋夜漫长。魂九升：谓梦魂萦绕、思潮升腾不止。九：泛指多数。

4 草拆：草开始萌生。

5 春日迟：春日天长，好像太阳行动迟缓。回：转。肠九回：形容内心一刻也不能平静。

6 洛桥：指洛阳的天津桥，横跨洛水之上。

7 “愿至”句：愿心至诚，上天必助其实现。

8 远方兽：指比肩兽，是传说中蟨（guì）和邛邛岠虚二兽的合称。相传蟨前足短、后足长，不能走而善觅食；邛邛岠虚前足长、后足短，善走而不能觅食。二兽互相依存，叫作比肩兽。（见《尔雅·释地》）

离思五首（选一首）[1]

［唐］

元稹

曾经沧海难为水，除却巫山不是云[2]。

取次花丛懒回顾，半缘修道半缘君[3]。

注释

1 此题共五首，本篇为第四首，写作者对过去曾经爱恋过的一个女子的深沉怀念。开头两句比喻新警，情意深厚，常常被人称引。

2 沧海：指大海。海水颜色清苍。此句用《孟子·尽心上》“故观于海者难为水”语意。次句用巫山神女事，见前《山鬼》注。“曾经”两句说，曾经经历过浩瀚无边的大海，再也不会为寻常的水所激动；除了巫山的云彩之外，再也难以看到迷人的彩云。意思是说，除了作者曾经爱恋过的那个女子之外，别的姑娘再也难以打动作者的心。

3 次：次第，顺序。取次花丛：即对着一个一个的花丛。花丛借喻众多的美丽女子。回顾：回头看。缘：因为，由于。道：指神仙之道。两句意谓，对着一个个娇美如花的女子，作者毫无爱恋之心，这既是因为他已在求仙学道，也是因为不能忘怀过去曾经爱恋的人。其实，“修道”也是因为不能同所爱女子结合，因而打灭情心，遁入空门，也是在写对所爱女子的怀念。

| 延伸阅读 |

离思五首（选四首）

［唐］元　稹

其一

自爱残妆晓镜中，环钗漫篸绿丝丛。

须臾日射胭脂颊，一朵红苏旋欲融。

其二

山泉散漫绕街流，万树桃花映小楼。

闲读道书慵未起，水晶帘下看梳头。

其三

红罗著压逐时新，吉了花纱嫩麴尘。

第一莫嫌材地弱，些些纰缦最宜人。

其五

寻常百种花齐发，偏摘梨花与白人。

今日江头两三树，可怜和叶度残春。

团扇郎[1]

[唐]

张祜

白团扇，今来此去捐[2]。

愿得入郎手，团圆郎眼前[3]！

注释

1　此诗用乐府旧题，以对扇说话的口吻，写女子希望与情人团聚的心情，极生动有致。

2　今来：即“今”，犹言“此刻”“现在”。来：语气词。去捐：犹言“去吧”。“捐”也是“去”的意思。

3　团圆：语意双关，既指扇的圆，也隐喻人的团圆。

莫愁乐[1]

［唐］

张 祜

侬居石城下，郎到石城游[2]。

自郎石城出，长在石城头[3]。

注释

1 这是借乐府旧题抒写恋情之作。全诗四句，每句都有“石城”，读来并不感到重复，反而加深表现了主题，构思极巧。末句仅五字，却把女子的无限深情生动地描绘了出来。

2 石城：即今湖北省钟祥市。不是别称叫“石头城”的建康（今江苏省南京市）。

3 “长在”句：谓女子在城头伫望情人。

襄阳乐[1]

［唐］

张祜

大堤花月夜，长江春水流[2]。
东风正上信，春夜待郎游[3]。

注释

1　《襄阳乐》也是南朝乐府旧题。此诗写春江大堤花月之夜女子等待情人同游，诗中只写了良辰美景，而其人之美，其游之乐，可以想见。

2　大堤：此指长江之长堤，与前南朝乐府此曲中之“大堤”不同。

3　信：指花信。句意谓东风正应花信，正吹花信风。古代有二十四番花信风之说，由小寒至谷雨，分二十四候，一候开一种花。此处当指三月，《演繁露》谓，三月花开时，风谓花信风。

有所思[1]

[唐]

卢仝

当时我醉美人家，美人颜色娇如花。

今日美人弃我去，青楼珠箔天之涯[2]。

天涯娟娟姮娥月，三五二八盈又缺[3]。

翠眉蝉鬓生别离，一望不见心断绝[4]。

心断绝，几千里，

梦中醉卧巫山云，觉来泪滴湘江水[5]。

湘江两岸花木深，美人不见愁人心[6]。

含愁更见绿绮琴，调高弦绝无知音[7]。

美人兮美人！不知为暮雨兮为朝云[8]。

相思一夜梅花发，忽到窗前疑是君[9]。

注释

1　此诗采用汉乐府《有所思》旧题，实际是一首七言歌行体诗，写作者对所爱女子的相思之情。诗由过去相会，写到眼前离居，又联想到女子所居的情景，想象丰富，感情激越。

2　珠箔：即珠帘，用珍珠缀成或装饰的帘子。

3　娟娟：美好的样子。姮（héng）娥：即嫦娥，因避汉文帝刘恒的讳，故改“姮”为“嫦”。她是神话传说中后羿（yì）的妻子，因为偷吃了后羿从西王母处得到的不死之药，遂奔往月宫。三五：指月之十五日。二八：指十六日。旧说月亮十五团圆，十六开始亏损，故诗中说“盈圆又缺”。这两句语意双关，既是用月亮的圆缺喻时光流逝，说两人分别之久，又以月比喻所思美人，以月之圆缺喻两人由会合到分离，而此刻美人远在天涯，不得相见。

4　翠眉：用翠色的黛画的眉，写眉的美丽。蝉鬓：古代妇女的一种看去缥缈如蝉翼的发式。

5　巫山云：用巫山神女事，见前《九歌·山鬼》注。这句是说梦见同所爱女子幽会。“觉来”句：是说醒来后眼泪像湘江水一样流淌，是夸张的说法。从下句“湘江两岸”看，女子似在湘江一带，故有此比喻。

6　“湘江”句：想象作诗时女子所在情景，下句则是作者的叹惋。

7　“含愁”二句：写借琴音寄托思情，美人不在，没有知音，绿绮：古代琴名，诗中借指精美的琴。

8　“美人”二句：也是把女子比作巫山神女，说她缥缈不定，难以见到。

9　“相思”二句：因为女子极美，自己思念极深，故晨起见到梅花，便联想到女子容颜，以为她已来到眼前。以梅花比拟，也有喻其高洁之意。

|延伸阅读|

有所思

［唐］沈佺期

君子事行役，再空芳岁期。

美人旷延伫，万里浮云思。

园槿绽红艳，郊桑柔绿滋。

坐看长夏晚，秋月生罗帏。

楼上女儿曲[1]

[唐]

卢仝

谁家女儿楼上头，指麾婢子挂帘钩[2]。

林花撩乱心之愁，卷却罗袖弹箜篌[3]。

箜篌历乱五六弦，罗袖掩面啼向天[4]。

相思弦断情不断，落花纷纷心欲穿[5]。

心欲穿，凭栏杆。

相忆柳条绿，相思锦帐寒[6]。

直缘感君恩爱一回顾，

使我双泪长珊珊[7]。

我有娇靥待君笑，我有娇蛾待君扫[8]。

莺花烂漫君不来，及至君来花已老[9]！

心肠寸断谁得知，玉阶幂历生青草[10]。

注释

1　此诗《乐府诗集》编入《新乐府辞》，是学习民歌的作品。诗中写女子同一男子互相倾慕，但男子一去，杳无音信，使她陷入刻骨的相思之中，描写细腻，极委婉动人。宋代著名词人贺铸曾将此诗隐括为《小梅花》词。

2　指麾：通“指挥”。

3　箜篌：拨弦乐器名，分卧式竖式两种。卧箜篌或传为师延所作，空国之侯所存，故也作“空侯”；或谓汉武帝时侯晖所作，其声坎坎，故又作“坎侯”。其形似瑟而小，七弦，用木拨弹之。竖箜篌系东汉时经西域传入中原地区，体曲而长，二十二（一作二十三）弦，竖抱于怀，用两人齐奏。

4　乱：杂乱无章。

5　“相思”句：谓弹奏箜篌以寄托相思之情，琴弦弹断而相思之情不断。“落花”点出时间，并衬托愁怀。

6　“相忆”二句：谓分别已经一年。“柳条绿”是一年前相见时的景物，“锦帐寒”是此刻相思时的情景，“寒”指春寒。

7　珊珊：本为珮玉声，这里形容泪如珠玉。

8　靥（yè）：面颊上的酒窝。蛾：蛾眉，女子细长美好的眉毛。扫：描画。是用画眉的故事。汉京兆尹（京城行政长官）张敞为妻子画眉，长安中传张京兆眉怃（通“妩”，美好）。诗中即用此事，谓我有笑靥要心上人来时才笑，我有秀眉等待心上人为我描画。是希望同所爱结为终身伴侣。

9　莺花：泛指春日可资赏玩的花鸟景物。花已老：语意双关，用百花凋落，比喻青春消逝。

10　羃疬（mì lì）：覆盖分布。青草一年一生，末句既点明分别已经一年，也有以草之蔓延滋生喻相思之无尽无止，与汉乐府《饮马长城窟行》“青青河畔草，绵绵思远道”诗意相近。

|延伸阅读|

饮马长城窟行

［汉］乐府诗

青青河畔草，绵绵思远道。
远道不可思，宿昔梦见之。
梦见在我傍，忽觉在他乡。
他乡各异县，展转不相见。
枯桑知天风，海水知天寒。
入门各自媚，谁肯相为言？
客从远方来，遗我双鲤鱼。
呼儿烹鲤鱼，中有尺素书。
长跪读素书，其中意何如？
上言加餐饭，下言长相忆。

叹 花[1]

［唐］

杜 牧

自是寻春去校迟，不须惆怅怨芳时[2]。

狂风落尽深红色，绿叶成阴子满枝[3]。

注释

1 据晚唐人高彦休《唐阙史》记载，杜牧在游湖州（今浙江省湖州市）时，爱悦一个十余岁的女子，因与其母约定："等我十年，不来然后嫁。"十四年后杜牧得为湖州刺史，再访此女，则已嫁三年而生三子，因而写了上面这首诗抒发憾恨。原书所记杜牧行年不够准确，故难以确定诗的具体作年，但事情本身，当非出于虚构。

2 校：同"较"。芳时：芳春之时，喻湖州女子芳年出嫁。

3 "狂风"句：以风吹花落喻女子出嫁。末句以花落结子喻女子生子。

三洲歌[1]

[唐]

温庭筠

团圆莫作波中月，洁白莫为枝上雪。

月随波动碎粼粼，雪似梅花不堪折[2]。

李娘十六青丝发，画带双花为君结[3]。

门前有路轻别离，惟恐归来旧香灭[4]。

注释

1　《三洲歌》为南朝乐府旧题。本篇以月雪为喻，写女子相思之情。

2　粼（lín）粼：月光随水波动的样子。此处谓圆月之影被水波破碎，喻与所爱商人不得团聚。下句谓雪之洁白虽似梅花，但洒在枝上，容易消融坠落，不堪采摘，喻青春易逝。

3　画带双花：即画有双花的衣带。结双花之带喻两人缔结同心。

4　轻别离：谓容易别离和不以别离为意，含有“商人重利轻别离”的意思。旧香灭：比喻青春已逝，容颜已老。是亟盼所爱早早归来。

无题二首（选一首）[1]

［唐］

李商隐

昨夜星辰昨夜风，画楼西畔桂堂东[2]。
身无彩凤双飞翼，心有灵犀一点通[3]。
隔座送钩春酒暖，分曹射覆蜡灯红[4]。
嗟余听鼓应官去，走马兰台类转蓬[5]。

注释

1　本题二首，此选第一首，以“无题”名篇，是李商隐的独创，商隐之后，效法的甚多。关于它的内容，历来聚讼纷纭。有的认为是政治寄托，有的认为是写爱情，有的更把它同当时的一些具体政治人物和事件牵合起来，做了不少穿凿附会的考证。直到现在，看法也不尽相同，尤其在分析具体作品时，更是如此。由于时代久远，文献缺乏，有的问题不妨存疑，作为艺术品，我们完全可以从作品所写的具体内容去理解欣赏，因为这些诗的思想艺术价值，它对读者的影响，正是表现在这个方面，并不是它背后的别的“深意”。本篇作于开成四年（839），时作者开始进入仕途，在京城长安任秘书省校书郎。诗中写作者同一位女子两心相通，却无法接近的怅恨。“画楼”“挂堂”“彩凤”“灵犀”等等，设色浓艳，表现的却是凄婉之情，腹联（第三联）聚会时的热烈温馨景象，更与作者独处的孤寂形成对比，加重突出了作者的无聊、失望情绪，正是清人王夫之讲的“以乐景写哀”的杰出范例。作者其他不少“无题”诗，也多采用此种手法。

2　“昨夜”二句：与第三联合看，写见到女子的时间和地点。“星辰”表明风是微风；若大风，则天气阴晦，无此景象。此写良辰美景，“画楼西畔桂堂东”是聚会所在，写屋宇的华丽和环境的美好。“桂堂”为堂之名，此诗写春日事，非指桂香。

3　“身无”二句：写见面归来后作者的惆怅，是说自己同对方虽然两心相通，但却没有采风那样的双翅，飞到她的身边。李商隐的“无题”诗，多不平铺直叙，时间和空间的转换极大。灵犀：指犀牛角，古代认为它是灵异之物。犀角的骨髓形成一根赤色的线纹，由根至末，贯通其间。诗中借喻两人虽未交往，但心灵相通。

4　“隔坐”二句：又承接首联，写昨夜同女子在一起的宴饮场面。送钩：又称“藏钩”，是古代一种游戏，参加者分为两方，若有单数的人，则轮流分属两边。一方藏钩，另一方猜钩在谁手。今四川小儿以一石子在左右两手倒换，令人猜石在何手，称为“猜子儿”，即藏钩遗意。“隔座”指作者同女子而言。射覆：也是古代游戏名，将物覆盖，令人猜度。它同藏钩，常在宴饮时举行。“春酒”点出季节，照应首句之“风”，与红烛相连，见其灯红酒绿、觥筹交错，加以送钩、射覆之戏，红裙绿袖，欢声笑语，场面之欢乐热烈，作者同女子之目成心许，可以想见。

5 “嗟余”二句：悲叹自己为官事羁縻，不得自由，每日辗转走马前往官署，身如转蓬，不得与女子亲近。听鼓：《新唐书·百官志》：“（京城）左右街使，掌分察六街徼巡。……日暮，鼓八百声而门闭；……五更二点，鼓自内发，诸街鼓承振，坊市门皆启，鼓三千挝（敲），辨色而止。”应官：犹言“当官”，谓上班当差，是唐人口语。兰台：本为汉代宫内收藏图书秘籍之处，此处代指秘书省。

|延伸阅读|

无　题

［唐］李商隐

其二

闻道阊门萼绿华，昔年相望抵天涯。

岂知一夜秦楼客，偷看吴王苑内花。

无题四首（选二首）[1]

［唐］

李商隐

一

来是空言去绝踪，月斜楼上五更钟[2]。
梦为远别啼难唤，书被催成墨未浓[3]。
蜡照半笼金翡翠，麝熏微度绣芙蓉[4]。
刘郎已恨蓬山远，更隔蓬山一万重[5]！

二

飒飒东风细雨来，芙蓉塘外有轻雷[6]。
金蟾啮锁烧香入，玉虎牵丝汲井回[7]。
贾氏窥帘韩掾少，宓妃留枕魏王才[8]。
春心莫共花争发，一寸相思一寸灰[9]！

注释

1　本题四首，此为原第一首。通篇紧紧扣住“远别”，写一个钟情的女子同情人天涯邈隔、会合无期的痛苦。通过景物描写创造出一种特殊的环境和气氛，用以烘托人物的思想感情和心理活动，是李商隐“无题”诗的一个显著特色，此点在本篇表现得非常突出。全诗八句，就有三句是景物描写，它们不仅景、情交融，同时还是叙事，三者结合在一起，手法极为高妙。

2　“来是”二句：当与次联合看，是女子梦醒后的悲叹。来是空言：是说过去分别时对方说还要回来的诺言竟成了一句空话。去绝踪：谓一去之后无影无踪，既指去得很远，也指去后未通信息。次句写女子所在之处和叹息的时间。钟声惊醒别梦，而斜月凄凉，晨钟清冷，烘托出女子的凄凉心情。

3　梦为远别：谓女子做梦也梦到同情人远别，“为”读wéi，犹“是”。啼难唤：是女子梦中别离时低头掩面、悲啼不已、泣不成声的神态。此诗用的是倒叙，此连上两句写了一个曲折过程：女子与情人远隔，思念不已，积想成梦，梦中也梦到远别而悲啼不已，五更的钟声惊醒别梦，梦中人去，回思别时再来之言，因而深深悲叹。“书被”句说女子由于思情急切，即刻写信给情人，连墨汁也来不及磨浓。

4　“蜡照”二句：写作书后寂寞幽居情状。蜡照：即烛光。笼：笼罩。金翡翠：指有金粉绘的翡翠鸟图案的灯罩。温庭筠：《菩萨蛮》词：“画罗金翡翠，香烛销成泪。”这句是说烛光被笼在灯罩之中。因为背窗靠壁而置，所以只见其半，故言“半笼”，与作者《灯》诗“雨夜背窗休”，温庭筠《菩萨蛮》“背窗灯半明”意同。麝熏：用麝香做的熏香，古代豪贵人家用它熏衣被等物。诗中指珍贵熏香的香味。微度：微微熏染上。绣芙蓉：指绣有芙蓉花的床褥。

5　刘郎、蓬山：李商隐诗中多次引用，均指汉武帝遣人去东海（一说渤海）蓬莱山求仙而终不可得事，《史记》《汉书》均有记载。此诗之外，如《海上谣》：“刘郎旧香炷，立见茂陵树。”又《无题》：“蓬山此去无多路，青鸟殷勤为探看。”“蓬山”同西王母的使者青鸟连用，也只能是指汉武帝要去的蓬莱山。此诗是以汉武帝求仙为喻，意思是，汉武求仙，已恨蓬山遥远而不可到，我（女子）同情人，更隔着万重蓬山！言外是说会合无望。回应首句，悲叹更加深重。

6　此为原第二首，也写女子相思之情。前六句都用写景和用典来暗示，景象凄迷，诗意深曲，感情幽怨低回，大耐咀嚼。末联尤被广泛传诵。飒（sà）飒：风声。东风：一作“东南”，则“飒飒”为雨声。唐杨师道《中书寓直》：“飒飒雨声来。”即为其例。芙蓉塘：即莲塘。此诗写春日事，“芙蓉”为塘之名，借以渲染华丽气氛，且芙蓉或莲在南朝民歌中多用来写男女恋情（参见前六朝乐府诗注），此处亦有关合男女情事之意，非指夏秋之荷花，与《无题二首》之“桂堂”用法相同。轻雷：既指雷声，也借喻车声。司马相如《长门赋》：“雷殷殷而响起兮，声象君之车音。”诗中有盼望、幻觉情人到来之意。

7　金蟾：铜制的蛤蟆形的熏炉，蛤蟆张口处放进熏香。蟾：蟾蜍（chú），即蛤蟆。啮：咬。锁：指装在香炉蟾口的鼻钮，可以转动开闭，放入香料。玉虎：井上的辘轳。丝：缠绕在辘轳上的丝绳。汲井：汲取井水。回：指转动辘轳。这两句是象征比喻，香炉坚固紧合而熏香在其中燃烧，井眼虽深，丝绳却在其中汲引，隐喻对情人一往情深。

8　贾氏窥帘:“帘”指窗帘。晋韩寿美姿容，贾充辟以为掾(yuàn 愿，僚属)。每聚会，充女从窗中窥见韩寿，私心爱悦，遂私通。女以武帝赐充之外国异香赠寿，被充察觉，遂以女嫁寿。宓(mì)妃：传说是伏羲氏之女，溺死洛水，遂为洛水之神。诗中借指甄后。《文选·曹子建·洛神赋》李善注引《记》说(或谓所引文字乃后人所加，非李善原注)，魏东阿王(曹植)汉末曾求娶甄氏，太祖(曹操)把她给了五官中郎将(曹丕)，植甚不平，昼思夜想，寝食俱废。植黄初中入朝，甄后已被谗死，曹丕将她的遗物玉镂金带枕送给曹植，植为之泣下。植还国途经洛水，忽见甄后前来对他说：“我本托心君王，其心不遂。此枕是我在家时从嫁，前与五官中郎将，今与君王……”植悲喜不能自已，遂作《感甄赋》。后明帝见之，改为《洛神赋》。这两句是女主人公自伤身不如人，说贾女爱悦韩寿年少得成佳偶，宓妃仰慕曹植才华得以留枕传情，我同情人却不得相见，一倾情愫。

9　春心：渴求爱情之心。这两句说，情爱之心切莫同春花争竞生发，须知寸寸相思都会化成寸寸灰烬。春花最易唤起春心，故有“莫共”之语。“成灰”既指相思徒劳，且有身心为之销尽之意。相思至于“成灰”，则“莫共”不过极端抑郁时的怨愤之言，正好说明相思之情不能自已，没有尽时。

无题二首[1]

［唐］

李商隐

一

待得郎来月已低，寒暄不道醉如泥[2]。
五更又欲向何处？骑马出门乌夜啼[3]。

二

户外重阴黯不开，含羞迎夜复登台[4]。
潇湘浪上有烟景[5]，安得好风吹汝来。

注释

1 这是学习齐、梁《乌夜啼》《乌栖曲》的两首七绝，两首都是拟女子口吻，第一首写同情郎幽会，第二首写盼望情郎到来，风调清新自然，在“无题”诗中别具一格。

2 月已低：写夜已深。寒暄：问候冷暖起居。暄：暖。“醉如泥”三字含着女子诸多猜测，且见其一夜守候，嗔怨中含着深情，意蕴极丰富。

3　乌夜啼：是用乌啼将起而分飞，喻同情人分离，且以喻女子心情的烦躁不乐。等待盼望一夜，夜深一至，未交一言，五更又匆匆离去。淡淡写来，怜爱中含着嗔怨，意味不尽。

4　重阴：厚厚的阴云。

5　潇湘：今湖南省潇水流至零陵西北与湘江汇合，故古代常合称“潇湘”。烟景：云气弥漫的景色。“烟景”即意味着无风，末句是用叹惜表示热切的愿望。

| 延伸阅读 |

夜夜曲

［唐］王　偃

北斗星移银汉低，班姬愁思凤城西。

青槐陌上行人绝，明月楼前乌夜啼。

无题[1]

［唐］

李商隐

相见时难别亦难，东风无力百花残[2]。
春蚕到死丝方尽，蜡炬成灰泪始干[3]。
晓镜但愁云鬓改，夜吟应觉月光寒[4]。
蓬山此去无多路，青鸟殷勤为探看[5]。

注释

1　此诗写女子对情人的刻骨镂心的思念和至死不渝的恋情，第二联比喻极精警，是“无题”诗中传诵最广的一篇。

2　别亦难：曹丕《燕歌行》：“别日何易会日难。”曹植《当来日大难》：“别易会难，各尽杯觞。”都是从时间上写别日易至。此诗则是从心情上写别时痛苦，可同前《无题四首》“梦为远别啼难唤”合看。东风无力、百花凋残烘托女主人公的愁惨心情。

3　丝：语意双关，既指春蚕所吐之丝，又谐音“思”。这种双关语南朝乐府诗中多见，如《子夜歌》：“理丝入残机，何悟不成匹。”《西曲歌·作蚕丝》：“春蚕不应老，尽夜常怀丝。何惜微躯尽，缠绵自有时。”李诗化用其意，辞更醒豁。蜡烛燃烧时滴流的蜡油称为“烛泪”，六朝以来即常用来象征别恨。如南朝陈贾冯吉《自君之出矣》：“思君如明烛，煎心且衔泪。”唐杜牧《赠别》：“蜡烛有心还惜别，替人垂泪到天明。”李诗加“成灰始干”数字，感情即更加沉痛，表现出女子至死不渝的决心和终身不已的别恨，更具震撼人心的力量。

4　这两句分写彼我双方。晓镜：清晨揽镜自照。但：只。云鬓：女子乌黑浓密的鬓发。云鬓改：泛指容颜变老，春青消逝。此句女子自谓。下句设想对方也会在清寒的月光下吟诵着思念自己（女子）的诗篇。“寒”字兼写心情的孤寂凄凉。

5　蓬山：见前《无题四首》注。青鸟：神话传说中仙人西王母的使者，《汉武故事》说她曾替西王母传话给汉武帝。“为”“探”均读去声。“看”读阴平。张相《诗词曲语辞汇释》：“看，尝试之辞，如云试试看。”“蓬山”两句说，情人所居并不遥远，希望青鸟使者替我去打探打探消息，向他多多致意。清人何焯说：“末路不作绝望语，愈悲。”（见《李义山诗集辑评》）论极精辟。或将此诗的主人公解作男性，既与青鸟之典不合，也同全诗情调不类。

离亭赋得折杨柳二首[1]

[唐]

李商隐

一

暂凭尊酒送无憀，莫损愁眉与细腰[2]。

人世死前惟有别，春风争拟惜长条[3]？

二

含烟惹雾每依依，万绪千条拂落晖[4]。

为报行人休尽折，半留相送半迎归[5]。

注释

1　这是借汉乐府古题抒写别情，当是留别所爱女子之作。诗中将所爱女子比作杨柳，既写柳，亦写人，不仅使作品富有诗情画意，还把别离之情写得更加凄婉动人，极含蓄有致。“赋得”是古诗标题中的习惯用语，即为某种事物而写诗之意。折柳赠别是古代一种风俗，诗题即取此意。

2　无憀：同“无聊”。愁眉、细腰：语意双关，既指柳叶和柳枝，又用它们喻女子之眉和腰，又隐喻女子因不胜别离之苦而面容憔悴，瘦损腰肢。此首是用问答体，这两句是男子的口吻，说暂且凭借杯酒，排遣忧愁郁闷的无聊心情吧，何必折损柳枝，为我送别呢？分别在即，不忍别又不能不别，故以此慰藉对方，也宽解自己，无限眷恋之情自然蕴含在内。

3　争拟：即怎拟，诘问之词。长条：指柳枝。这两句是女子的回答。“人世生前惟有别”有两层含意：一是恨聚少别多，夸张言之，因说死前只有离别，没有团聚；一是说人生在死去之前只有离别最令人伤悲。语气激烈，惊心动魄。末句紧承此意，说既然别离令人悲痛欲绝，春风为何还珍惜柳枝，不让人攀折以赠行人，表达惜别之情呢？

4　烟、雾：指空中的水气。依依：形容柳枝的轻柔。这一首是拟杨柳的口吻，两句是杨柳说自己含烟笼雾，万枝千条在夕阳斜晖中随风轻飏。

5　“为报”二句：是杨柳告诉行人的话，说不是我珍惜自己，不过希望你们不要尽折。一半今日赠别，一半留作他日迎接行人归来。言外是说，今日暂别，后会有期，不要过于难受了。这仍是借杨柳讲的慰藉对方、宽解自己的话，表现了依依惜别之情。

代赠二首[1]

［唐］

李商隐

一

楼上黄昏欲望休，玉梯横绝月如钩[2]。
芭蕉不展丁香结，同向春风各自愁[3]。

二

东南日出照高楼，楼上离人唱《石州》[4]。
总把春山扫眉黛，不知供得几多愁[5]。

注释

1　代赠：代拟的赠人之作。诗代一女子的口吻，写她不能与情人相会的愁思。景与情、物与人融为一体，“比”与“兴”融为一体，精心结撰而又毫无造作雕琢之迹，是此诗的极为成功之处。

2　欲望休：一本作“望欲休”，“休”为“休止”“罢休”之意。这三字暗点出女子其人。玉梯横绝：玉梯横断。南朝梁江淹《倡妇自悲赋》:“青苔积兮银阁涩,网罗生兮玉梯虚。”是写汉宫佳人失宠独居,“玉梯虚”是说玉梯虚设,无人来登。李诗则是说玉梯横断,无由得上。喻指情人被阻,不能来此相会。月如钩:一本作“月中钩”,意同,指一弯新月。两句是说,女子渴望见到情人,黄昏时分,去到楼头眺望;但又蓦然想到他必定来不了,只好废然而止。通过环境景物写女子的矛盾心理和孤寂无聊神态。

3 “芭蕉”二句:仍然通过写景进一步揭示女子的思想感情。芭蕉未展:谓芭蕉的蕉心还未展开,唐钱珝(xǔ)《未展芭蕉》“芳心犹卷怯春寒”,写的就是这种境界。丁香结:指丁香的缄结未开的花蕾。芭蕉、丁香既是眼前实景,同时又是以物喻人,以芭蕉喻情人,以丁香喻女子自己,隐喻二人异地同心,都在为不得与对方相会而愁苦。物之愁,兴起、加深了人之愁,是“兴”;物之愁亦即人之愁,又是“比”。芭蕉、丁香既是诗人有意安排,同时又是即目所见,信手拈来。

4 上一首写黄昏,此首则写清晨,写女子在楼上借歌唱排遣愁思。“东南”句:化用汉乐府《陌上桑》:“日出东南隅,照我秦氏楼。”此句仍然暗含着一个女子,即下句的“离人”。《石州》,《乐府诗集》收入《近代曲辞》,载古辞一首,为戍妇思夫之作。明胡震亨《唐音癸签》卷十三《乐通二·唐曲》云:“中宗景龙初,知太史事迦叶志忠表称:‘受命之初,天下先歌英王《石州》。’《石州》,商调曲也。”知为唐乐府曲名。从此诗上一首看,诗中女子与情人相距不远,可能是一少女。

5 总:通“纵”,纵使。春山眉黛:《西京杂记》:“文君姣好,眉色如望远山,脸际常若芙蓉。”诗中语意双关,既指眉毛形如春山，又暗用自然界之山意。供得：这里即容得、承受得住之意。这两句是说，纵然女子把眉毛画作春山，也容纳、承受不了她的万斛愁思。极写愁思无限。人的忧愁会表现在眉上，所以诗中这样说，把抽象的愁化作可以量度的具体的东西，极夸张又极自然含蓄。

|延伸阅读|

浣溪沙九首（选一首）

［宋］欧阳修

翠袖娇鬟舞《石州》，

两行红粉一时羞。

新声难逐管弦愁。

白发主人年未老，

清时贤相望偏优。

一尊风月为公留。

春雨[1]

[唐]

李商隐

怅卧新春白袷衣，白门寥落意多违[2]。
红楼隔雨相望冷，珠箔飘灯独自归[3]。
远路应悲春晼晚，残宵犹得梦依稀[4]。
玉珰缄札何由达？万里云罗一雁飞[5]。

注释

1　此诗虽以春雨为题，但主要并不写雨，实际与“无题”同类。诗写作者春日雨夜对所爱女子的怀念。作年难以考定。诗中将思念之情同冷雨、孤灯交织在一起，将现实和梦境交织在一起，思致婉转，情景交融，极饶余味。

2　袷（jiá）衣：夹衣。白衫为唐人闲居的便服。白门：古代叫白门的不止一地，这里所指难以确定。作者游江东系在晚年，很难确定即在建业（今南京市。建业南门叫白门，见前《读曲歌·暂出白门前》注）。这里可能用作女子所在之地的代称。寥落：寂寞。意多违：心绪不顺适，心情不好。这两句写作者在白门因所爱之人不在，寂寞闲居，只好和衣而卧。

3　红楼：所爱女子旧日住处。珠箔：珠帘。雨水如珠，人行雨中，面前犹如有一道雨帘，飘打着手中的灯笼。这两句写雨夜重寻旧地，其人已去，只好独自惆怅而归。“冷”字是两句之眼。冷雨、孤灯，烘托着怅恨之情，“红楼”又唤起人们对昔日温馨欢悦的联想回忆，使之同眼前的清冷寂寞形成对比，相互衬托，意蕴无穷，历来被传为名句。

4　远路：指所爱女子已去远地。畹（wǎn）晚：日暮。春畹晚：春暮。这句是猜想对方也会因暮春将尽而悲叹青春易逝。残宵：写夜深不眠。依稀：仿佛，若有若无，形容梦境。这句是说作者梦见昔日与所爱女子在一起的情景。

5　玉珰：玉作的耳环。古代常用作男女定情的信物，参看前繁钦《定情诗》。缄札：书信。缄：封。札：书札。玉珰缄札：是说把耳珰同书信一起寄给情人，古代叫作“侑缄”。云罗：阴云漫天，如张罗网。古代有鸿雁传书的说法。这两句是说，对方远隔万里，虽有书札，也难以寄达。

无题二首[1]

［唐］

李商隐

一

凤尾香罗薄几重，碧文圆顶夜深缝[2]。
扇裁月魄羞难掩，车走雷声语未通[3]。
曾是寂寥金烬暗，断无消息石榴红[4]。
斑骓只系垂杨岸，何处西南待好风[5]？

二

重帏深下莫愁堂，卧后清宵细细长[6]。
神女生涯原是梦，小姑居处本无郎[7]。
风波不信菱枝弱，月露谁教桂叶香[8]。
直道相思了无益，未妨惆怅是清狂[9]。

注释

1　此二首为联章组诗，均写少女对恋人的思念之情。第一首写她夏日深夜深情地缝着罗帐，回忆同恋人相遇情景，热切地盼望他早来迎娶，但他离去已经一年，至今仍无消息；第二首集中写她的寂寞幽居生活和对爱情的失望心情。第一首多用鲜丽字眼，以乐景写哀。第一首除首联外，第二首的全部，都是写心理活动，表现形式或写景，或用典，或回忆，或直抒胸臆，极丰富多样。爱与怨，悲与喜，希望与失望，交织篇中，感情缠绵悱恻，带着浓厚的咏叹情调，读来荡气回肠，扣人心弦。

2　“凤尾”二句：写女主人公夏日深夜缝制罗帐，帐帏的薄罗织着凤纹，散发着幽香，圆形的帐顶上，绣着碧色的花纹。薄几重：指帐为复帐，复帐不止一层。汉乐府《孔雀东南飞》“红罗复斗帐”，就是复帐，《演繁露》：“唐人婚礼多用百子帐，卷柳为圈，以相连锁，百开百阖。”形状同今日圆顶帐子差不多。足见这是一位闺中待嫁的姑娘。

3　“扇裁”二句：写姑娘同恋人一次不期而遇。月魄：指圆形的白色扇子。传为东汉班婕妤所作《怨歌行》：“裁为合欢扇，团团似明月。”羞难掩：指以扇掩面遮羞。雷声：指车声，见前《无题四首》第二首注。语未通：对方车去匆匆，两人未通一语，即怅然离去。

4　“曾是”二句：是回顾那次见面以后她对恋人的思念期待。上句写长夜相思，下句写白日伫望。金烬：烧残的金色烛芯。石榴红：石榴夏日开红花。点出作诗的时间，特别讲到石榴红，当是姑娘同恋人分别正值石榴似火之时，至此已经一年了。

5　斑骓：毛色黑白间杂的马。这句是姑娘想象恋人所在的地方。“系马垂杨”说明他正浪迹在外，居止不定，他既不能告知自己的行踪，姑娘也无从打听，与上联“断无消息”关合。末句用曹植《七哀》“君若清路尘，妾若浊水泥。浮沉各异势，会合何时谐？愿为西南风，长逝入君怀”诗意，说女子希望凭借西南的好风，飞到恋人的身边。“西南待好风”即待西南之好风。

6　重帏：多层帷幕。深下：深垂。莫愁：古代女子名，石城人，善歌谣，见前《莫愁乐》注。一说为洛阳人，十五岁嫁为卢家妇（见萧衍《河中之水歌》）。此处代指女主人公。这句写女子所居的堂室。“细细长”写女子抑郁无聊，独卧床上，辗转不眠，觉得时间过得非常缓慢，凄清的静夜特别漫长难挨，含蕴非常丰富。

7　神女：即巫山神女，传说她曾在梦中同楚王相会，见前《山鬼》注。“小姑”句下原注：“古诗有‘小姑无郎’之句。”南朝乐府诗《神弦歌·清溪小姑曲》：“小姑所居，独处无郎。”传说小姑为汉末女子，死后人们立庙祭祀而为神。“神女”两句说，神女的爱情生涯原为梦幻，小姑所居本自无郎。诗中女子以神女、小姑自比，悲叹自己寂寞独处。

8　不信：谓不管。是说风波不管菱枝脆弱，横加摧折。谁教：意即不教。是说无人给桂树施以雨露。传说月中有桂树，故诗中说“月露”。这两句是女子以菱枝、桂叶自比，说她无人爱惜，遭受摧残。这里当有本事，现已无考。

9　直道：就便是，即使是。了：完全。是：若，似。清狂：犹白痴。《汉书·昌邑哀王髆传》：“查故王衣服言语跪起，清狂不惠。”颜师古注：“苏林曰……清狂，如今白痴也。”这两句说，即使相思完全无益，甚至因为相思的惆怅而变得痴呆，我也在所不惜。

|延伸阅读|

河中之水歌

［南北朝］萧　衍

河中之水向东流，洛阳女儿名莫愁。

莫愁十三能织绮，十四采桑南陌头。

十五嫁于卢家妇，十六生儿字阿侯。

卢家兰室桂为梁，中有郁金苏合香。

头上金钗十二行，足下丝履五文章。

珊瑚挂镜烂生光，平头奴子擎履箱。

人生富贵何所望，恨不嫁与东家王。

昨　日[1]

［唐］

李商隐

昨日紫姑神去也，今朝青鸟使来赊[2]。
未容言语还分散，少得团圆足怨嗟[3]。
二八月轮蟾影破，十三弦柱雁行斜[4]。
平明钟后更何事？笑倚墙边梅树花[5]。

注释

1　此系取首二字为题，非专咏昨日事，与“无题”同类。诗写作者同所爱女子一见遽别的怅惘相思。

2　紫姑：神名，传说她本为人妾，为大妇所妒，常役以秽事，于正月十五日含恨而死，上帝命为厕神，旧时有正月十五夜在厕间或猪栏边祭祀紫姑神的风俗。（见南朝宋刘敬叔《异苑》、梁宗懔《荆楚岁时记》）诗中借指作者所爱的女子。“昨日”即正月十五日。青鸟：传达讯息的使者，见前《无题》注。此指女子的使者。赊（shā）：迟。谓不来。一说“赊”为语助词，与上句“也”字对仗，“来赊”即“来兮”。（张相《诗词曲语辞汇释》）此说同通篇诗意不甚合。“昨日”两句说，昨日见到的女子早已离去，今天也不见她的使者到来。意谓今天见不到她了。

3　少：稍。“未容”两句说，昨日相见，只得片刻团圆，还未及交谈，便匆匆分散，留给自己的，只是深深的怨悔叹息。

4　二八：指阴历十六日。蟾影：即“月轮”，传说月中有蟾蜍（蛤蟆）。破：开始残破。喻两人不得团聚。十三弦柱：古筝有十三弦，一弦系一柱。十三为单数，不成双。雁行（háng）斜：指参差不齐。“二八”两句说，以后很难见到所爱的女子了。

5　平明：指写诗这天的清晨。两句想象对方清晨起来，更无一事，倚着梅枝观赏梅花。有以梅花喻人之美丽高洁之意。想象对方的风采，更增思念，也是写不得与对方团聚的怅恨，味极隽永。

|延伸阅读|

无　题

［宋］陆　游

画阁无人昼漏稀，离悰病思两依依。

钗梁双燕春先到，筝柱羁鸿暖不归。

迎得紫姑占近信，裁成白紵寄征衣。

晚来更就邻姬问，梦到辽阳果是非？

又效江南曲[1]

［唐］

李商隐

郎船安两桨，侬舸动双桡[2]。

扫黛开宫额，裁裙约楚腰[3]。

乖期方积思，临酒欲拌娇[4]。

莫以采菱唱，欲羡秦台箫[5]。

注释

1　这是模拟齐梁体的恋情诗。《江南曲》是六朝乐府曲名，《相和歌辞》和梁武帝萧衍所制的《江南弄》中均有《江南曲》，都是从汉乐府《江南》衍变发展而成，内容多写恋情。“又效”是承作者集中前一篇《效徐陵体赠更衣》而言。本篇写女子同情人荡舟采菱的欢乐，辞采、风调均酷似齐梁，感情健康，格调较齐梁艳情诗高。

2　舸（gě）：船。桡：船桨。

3　“扫黛”句：指照宫中的样式画眉。约：约束。楚腰：指细腰。《韩非子·二柄篇》：“楚灵王好细腰，而国中多饿人。”

《后汉书·马廖传》：“楚王好细腰，宫中多饿死。”

4　乖期：误了约会。积思：思念郁积。拌（pàn）：通“拚”，舍弃。拌娇：犹今言撒娇。

5　采菱唱：谓唱《采菱曲》的人，指女子自己。梁武帝所制《江南弄》七曲的第五曲为《采菱曲》。秦台萧：指萧史，秦穆公时人，善吹箫，能学凤声，吹箫时凤凰纷纷飞集其屋。穆公女弄玉非常爱悦，穆公就把她嫁给萧史，为作凤台居之。后两人一道仙去。（见《列仙传》）诗中借指女子的情人。两句是女子希望情人不要羡慕萧史而嫌弃自己，追求荣华，去同别的贵家女子相好。

| 延伸阅读 |

江南曲

［南北朝］柳　恽

汀洲采白苹，日落江南春。

洞庭有归客，潇湘逢故人。

故人何不返，春华复应晚。

不道新知乐，只言行路远。

南歌子词[1]

[唐]

裴 诚

不信长相忆，抬头问取天。

风吹荷叶动，无夜不摇莲[2]。

注释

1 唐诗人所作《南歌子词》，实即五言绝句。此词共三首，这里所选为原诗第二首。诗用民歌双关比喻的手法，指天为证，表白了对情人的真挚热烈的爱情。

2 莲：语意双关，既指莲花，又谐音“怜（爱）”。

新添声杨柳枝词[1]

［唐］

裴 诚

思量大是恶姻缘，只得相看不得怜[2]。

愿作琵琶槽那畔，得他长抱在胸前[3]。

注释

1 “添声杨柳枝”，曲调名。《碧鸡漫志》：“今黄钟商有《杨柳枝》曲，仍是七字四句诗，与刘、白与五代诸子所制并同，但每句下各增三字一句，此乃唐时和声，如《竹枝》《渔父》，今皆有和声也。”“添声”即指新添之和声。此词共两首，这里所选为原第一首，是用比喻手法，表达男子对一个善弹琵琶的女子的热烈爱恋。

2 大是：极是，的确是。怜：爱。

3 琵琶槽那畔：琵琶类弦乐器架弦的格子，称为“弦槽”。“槽那畔”即槽的另外一边，就是演奏时紧贴胸膛的一边。得他：一本作“美人”。

题红叶[1]

［唐］

韩　氏

流水何太急，深宫尽日闲[2]。

殷勤谢红叶，好去到人间[3]。

注释

1　韩氏，宣宗宫人，《全唐诗》存《题红叶》诗一首，题下注云：“卢偓应举时，偶临御沟，得一红叶，上有绝句。置于巾箱。及出宫人，偓得韩氏，睹红叶，吁嗟久之，曰：‘当时偶题，不谓郎君得之。’”此系录自唐范摅《云溪友议》。这个故事在唐代流传很广，关于得诗者，尚有僖宗时于祐（见宋刘斧《青琐高议》所收宋张实《流红记》）等多种说法。此诗表达了宫人幽囚深宫的痛苦和渴求美好爱情的强烈愿望。

2　流水：指御沟的流水。闲：这里是无聊的意思。

3　谢：告。好去：居者安慰行者之辞，犹言好好地去。又，《流红记》尚载有韩氏成婚后所作诗一首：“一联佳句题流水，十载幽思满素怀。今日却成鸾凤友，方知红叶是良媒。”然此或系《流红记》作者张实所拟，录供参览。

无题十首（选五首）[1]

[唐]

唐彦谦

一

细草铺茵绿满堤，燕飞晴日正迟迟[2]。

寻芳陌上花如锦，折得东风第一枝[3]。

二

春江新水促归航，惜别花前酒漫觞[4]。

倒尽银瓶浑不醉，却怜和泪入愁肠[5]！

三

谁知别易会应难，目断青鸾信渺漫[6]。

情似蓝桥桥下水，年来流恨几时干[7]！

四

漏滴铜龙夜已深，柳梢斜月弄疏阴[8]。

满园芳草年年恨，剔尽灯花夜夜心！

五

忆别悠悠岁月长，酒兵无计敌愁肠[9]。
柔丝漫折长亭柳，绾得同心欲寄将[10]。

注释

1　此题共十首，是意思联贯的组诗，写作者遇一女子，相互爱恋，后来分别，留下不尽的思念。这是模仿李商隐“无题”诗的作品，但诗意晓畅，格调自然流利，风格同李诗迥然不同。此选五首。

2　这是原第一首，写相遇。茵：褥子、垫子的通称。这里形容春草茂密柔软。晴日正迟迟：暗用《诗经·豳风·七月》：“春日迟迟，采蘩祁祁（繁多）。女心伤悲，殆及公子同归。”豳诗是说女子怕被公子带走的伤悲，此诗则是讲遇到女子的喜悦。迟迟：迟缓，指昼长日落甚晚。

3　陌：路。东风第一枝：是以花喻人，指所遇到的美丽女子。

4　这是原第四首，写作者乘船归去，女子设宴饯别。归航：归去的船。漫觞：胡乱喝酒。谓心情愁烦。漫：唐人诗中习用语，有随意、胡乱、聊且、徒然等义，随用处不同而别。觞：酒杯。

5　怜：痛惜。

6　这是原第五首，写别后作者对女子的思念。别易会难：见前李商隐《无题》注。目断：望断，即望尽，极言望之久而急切。青鸾：即青鸟，传递消息的使者，见前李商隐《无题》注。信：确实。非指书信，“青鸾”即含有书信意。渺漫：犹渺茫。这句说再难得到她的信息，再也难见到她了。

7　蓝桥：桥名，在今陕西蓝田县蓝溪上，即京城长安东南不远的地方，传说其地有仙窟，是唐斐航偶仙女云英处（见裴铏《裴航》）。据此推断，作者同女子可能遇于长安。几时干：谓没有干的时候。

8　这是原第六首，写别后对女子的不尽怀念。漏：古代计时器，见前《华山畿》注。铜龙：指铜漏滴水口做成龙口形状。疏影：指柳枝在月光下投下的阴影。

9　这是原第八首，写作者折柳相赠，希望与女子结为伴侣。酒兵：谓酒能消愁，如兵能克敌。《南史·陈庆之传》附陈暄与兄子秀书：“故江谘议有言：‘酒犹兵也，兵可千日而不用，不可一日而不备；酒可千日而不饮，不可一饮而不醉。’”

10　绾（wǎn）：系结。寄将：寄去。将：语助词。

偶见[1]

［唐］

韩偓

鞦韆打困解罗裙，指点醍醐索一尊[2]。

见客入来和笑走，手搓梅子映中门。

注释

1 此诗写作者偶然见到的一个女子对他表现的眷顾之情，三、四两句情趣横生。

2 鞦；即秋千。醍醐（tí hú）：酥酪上凝聚的油，极甘美。

复偶见三绝（选一首）[1]

［唐］

韩偓

桃花脸薄难藏泪[2]，柳叶眉长易觉愁。
密迹未成当面笑，几回抬眼又低头[3]。

注释

1　诗题是承上一首而言，本篇为原第二首，写女子未得同作者单独相会的幽恨。

2　桃花：形容脸面红艳。难藏泪：指泪流脸上。

3　密迹：幽期密迹，幽会的踪迹。密迹未成：谓未能幽会。“几回”句：写女子以目传情的羞涩神态。

别锦儿[1]

［唐］

韩 偓

一尺红绡一首诗[2]，赠君相别两相思。
画眉今日空留语，解佩他年更可期[3]？
临去莫论交颈意，清歌休著断肠词[4]。
出门何事休惆怅？曾梦良人折桂枝[5]。

注释

1 此诗题下原注云："及第后出京，别锦儿与蜀妓。"这是一首抒写别恨的留别之作，表达了作者对锦儿（可能也是歌伎）的眷恋，感情较为真挚。作者于龙纪元年（889）中进士，诗即作于此年。

2 "一尺"句：是说将这首留别诗写在一尺红绡之上赠给锦儿。绡：薄绸。

3 画眉：用汉张敞为妻子画眉事。（见《汉书·张敞传》）又，画眉又是两人随常观赏的鸟。解佩：见前《诗经·周南·汉广》注。可：此作诘问语，即不可。"画眉"两句说，给锦儿画眉的许诺从今日起已成为空话，今后再也难以同她相会了。

4 交颈：两颈相依，表示亲密。《庄子·马蹄》：“夫马，陆居则食草饮水，喜则交颈相靡（摩），怒则分背相踶（踢）。”诗中用来比喻夫妻之亲爱。断肠词：谓使人极度悲伤的歌词。

5 良人：美好的人的泛称。这里是锦儿称作者。折桂枝：指进士及第。晋郤诜举贤良对策名列第一，自谓“犹桂林之一枝，昆山之片玉”（见《晋书·郤诜传》）。后来因称科举考中进士为“折桂”。这句是用锦儿之梦来讲出作者进士及第。

｜延伸阅读｜

九月三十夜雨寄故人

［唐］徐　铉

独听空阶雨，方知秋事悲。

寂寥旬假日，萧飒夜长时。

别念纷纷起，寒更故故迟。

情人如不醉，定是两相思。

苦　别[1]

［唐］

张安石

向前不信别离苦[2]，而今自到别离处。
两行粉泪红阑干，一朵芙蕖带残露[3]。

注释

1　此诗写女子亲身体验到别离之苦，富有生活哲理。末两句比喻生动形象。

2　向前：从前。

3　阑干：纵横散乱的样子。芙蕖：即芙蓉、荷花，比喻女子容颜的美艳。

宛转歌[1]

[唐]

郎大家宋氏

风已清，月朗琴复鸣。

掩抑非一态，殷勤是一声[2]。

歌宛转，宛转和且长。

愿为双鸿鹄，比翼共翱翔[3]。

日已暮，长檐鸟应度[4]。

此时望君君不来，此时思君君不顾。

歌宛转，宛转那能异栖宿。

愿为形与影，出入恒相逐[5]。

注释

1 《宛转歌》为南朝乐府旧题。此诗写女子月夜鼓琴寄托相思，盼望所爱之人，题旨与前刘妙容所作相同，声韵优美，极低回婉转之致。作者郎大家（gū）宋氏，名字及生平均不详。

2 掩抑：指琴声低沉幽咽。

3 比翼：鸟儿翅靠翅齐飞，常用来比喻夫妻。

4 度：谓飞，是以鸟儿归飞入巢，反衬女子孤栖无侣。

5 相逐：相随。

|延伸阅读|

代宛转歌

［唐］刘方平

星参差，月二八，灯五枝。
黄鹤瑶琴将别去，芙蓉羽帐惜空垂。
歌宛转，宛转恨无穷。
愿为波与浪，俱起碧流中。
晓将近，黄姑织女银河尽。
九华锦衾无复情，
千金宝镜谁能引。
歌宛转，宛转伤别离。
愿作杨与柳，同向玉窗垂。

叙 怀[1]

[唐]

徐月英

为失三从泣泪频，此身何用处人伦[2]。

虽然日逐笙歌乐，长羡荆钗与布裙[3]。

注释

1 作者是江淮间妓女，《全唐诗》存诗二首。此首写作者希望过一般人正常的家庭爱情生活，道出了许多妓女的共同愿望，是用血泪凝成的诗作。

2 三从：中国古代压迫妇女的封建伦理教条，指“未嫁从父，既嫁从夫，夫死从子”（见《仪礼·丧服·子夏传》）。人伦：封建礼教所规定的人与人之间的关系和应当遵守的行为准则，如君臣、父子、夫妇、兄弟、朋友之间的关系和行为准则。

3 荆钗布裙：以荆枝作钗，以粗布制衣裙，是贫家妇女的装束。

送　人[1]

［唐］

徐月英

惆怅人间万事违[2]，两人同去一人归。

生憎平望亭前水，忍照鸳鸯相背飞[3]！

注释

1　此诗写不能同所爱之人结为终身伴侣的遗恨。末两句写水照两人分别身影，如鸳鸯相背分飞，贴切生动。

2　违：违背人意。

3　平望亭：亭名，今江苏省苏州市吴江区西南四十五里处有平望镇，此亭或在附近。鸳鸯：古代常用来比喻夫妻。

相思怨[1]

[唐]

李 冶

人道海水深，不抵相思半。

海水尚有涯，相思渺无畔。

携琴上高楼，楼虚月华满。

弹著相思曲，弦肠一时断！

注释

1 李冶，字季兰，为女道士，《全唐诗》存诗十六首。此诗上半以海水为喻，写相思之深之广，下半通过女子楼上月下弹琴，写相思之苦，把抽象的相思写得可见可感。

无　题[1]

［宋］

杨　亿

巫阳归梦隔千峰，辟恶香消翠被空[2]。
桂魄渐亏愁晚月，蕉心不展怨春风[3]。
遥山黯黯眉长敛，一水盈盈语未通[4]。
漫托鹍弦传恨意，云鬟日夕似飞蓬[5]。

注释

1　杨亿是北宋西昆诗派的盟主，诗学李商隐。因为缺乏真实感情，只靠堆砌典故辞藻，故得其貌而遗其神，成就远远不逮。此首写女子相思，还算较为晓畅可读之作。

2　巫阳归梦：用巫山神女事，见前《山鬼》注。辟恶：指麝香，用作熏香，可以辟除邪恶之气。《本草》："麝香辟恶。"翠被：以翠羽为饰的外氅。两句谓，女子的情人邈然远隔，翠被上熏的麝香的香气早已消失，被内空空无人。

3　桂魄：指月亮，传说月中有桂树。亏：残缺。蕉心不展：谓蕉叶紧束蕉心，没有展开。这句用李商隐《代赠二首》之一“芭蕉不展丁香结，同向春风各自愁”语意。两句谓，女子看见月亮日渐残缺，想到与情人不得团聚，不胜哀愁，她的心就像蕉心紧束不展的芭蕉那样在春风中幽怨无限。

4　遥山：形容眉色如远山。《西京杂记》：“（卓）文君姣好，眉色如望春山。”敛眉：即皱眉。这句暗用李商隐《代赠二首》之二“总把春山扫眉黛，不知供得几多愁”诗意。“一水”句：用《古诗十九首·迢迢牵牛星》“盈盈一水间，脉脉不得语”，李商隐《无题四首》之一“车走雷声语未通”语意。两句谓，女子同情人一水隔断，难通一语，常常皱眉悲愁。

5　鹍弦：用鹍鸡筋制的弦。汉张衡《南都赋》：“寡妇悲吟，鹍鸡哀鸣。”这句写借弹琴寄托幽恨。“云鬟”句：即《诗经·卫风·伯兮》“自伯之东，首如飞蓬。岂无膏沐，谁适为容”诗意，写女子因情人不在，无心打扮。飞蓬：谓头发像蓬草那样凌乱。蓬草极轻，遇风即四处飘散，因称飞蓬。

无题[1]

[宋]

钱惟演

绛缕初分麝气浓，弦声不动意潜通[2]。
圆蟾可见还归海，媚蝶多惊欲御风[3]。
纨扇寄情虽自洁，玉壶盛泪祇凝红[4]。
春窗亦有心知梦，未到鸣钟已旋空[5]。

注释

1　钱惟演也是西昆诗派的代表人物，诗风同杨亿相近，都学李商隐。此诗写一男子同女子两心相通却不能结合的怅恨，较为婉转有情。

2　绛缕初分：《晋书·后妃·胡贵嫔传》："泰始九年，（武）帝多简良家子以充内职。自择其美者，以绛纱系臂。"诗中借指所爱的女子。麝气：指女子衣服上熏香的香气。这句写女子之美。"弦声"句：反用司马相如以琴声挑逗卓文君事（见《史记》），是说自己虽然没有弹琴相挑，却已和女子两心相通。

3　圆蟾：指月，传说月中有蟾蜍（蛤蟆）。归海：指月亮西落，古代认为中国四方都是大海。媚蝶：唐段公路《北户录》："岭表（岭南）有鹤子草，花当夏时开，形如飞鹤，翅羽嘴皆全。蔓上春生双虫，食叶，收入粉奁，以叶饲之，老则蜕为蝶，黄赤色。女子收佩之，令人爱悦，谓之媚蝶。"御风：乘风。"圆蟾""媚蝶"均借指诗中女子，归海隐没，御风飞去，均喻其可望而不可即。

4　"纨扇"句：用旧题汉班婕好《怨歌行》："新裂齐纨素，皎洁如霜雪。裁为合欢扇，团团似明月。出入君怀袖，动摇微风发……""玉壶"句：旧题晋王嘉《拾遗记》载，薛灵芸被魏文帝以千金宝赂聘之，灵芸闻别父母，泪下沾衣，升车上路时，以玉唾壶盛泪，壶成红色。两句意谓，女子虽以纨扇寄情，却被别人聘去，不得同所爱之人相亲，她幽恨的血泪，把玉唾壶都染红了。

5　"春窗"句　暗用李商隐《闺情》"春窗一觉风流梦，却是同袍不得知"诗意。心知：谓两心相通。两句谓，两人虽然可以在春梦中相会，但不到晓钟鸣时就会梦觉，梦境就会成空。

寓意[1]

[宋]

晏殊

油壁香车不再逢，峡云无迹任西东[2]。
梨花院落溶溶月，柳絮池塘淡淡风[3]。
几日寂寥伤酒后，一番萧索禁烟中[4]。
鱼书欲寄何由达，水远山长处处同[5]。

注释

1　此诗抒写对所爱女子的深切怀念和孤身独处的寂寞怅恨。晏殊屡历显要，一生富贵，此诗却自然美丽，无脂粉气；颔联情景交融，境界优美，历来为人称道。

2　油壁香车：车壁用油漆涂饰的华丽的车子。峡云：用巫山云雨的典故，巫山在巫峡一带。见前《山鬼》注。这句说女子浪迹四方，杳无踪迹。

3　溶溶：形容月光荡漾。两句写作者在梨花盛开的院落的月光下，在漂落着柳絮的池塘岸边的微风中，低吟徘徊，怀念着女子的情景。

4　几日：几多日，多少日。萧索：萧条，冷落。禁烟：皇宫里飘出的烟雾。禁：禁中，宫中。作者为贵官，在宫中省署办公，故云。

5　鱼书：指书信，古代书信用作成鱼形的两片木片缄封。汉乐府《饮马长城窟行》："客从远方来，遗我双鲤鱼。呼儿烹鲤鱼，中有尺素书。""鱼书"两句说无法把书信寄达对方。

| 延伸阅读 |

寓　意

［唐］于　鹄

自小看花长不足，江边寻得数株红。

黄昏人散东风起，吹落谁家明月中。

九绝为亚卿作（选三首）[1]

［宋］

韩 驹

一

君住江滨起画楼，妾居海角送潮头[2]。

潮中有妾相思泪，流到楼前更不流！

二

忆泛郎舟共采莲，今来挥泪送郎船。

回书倘寄新翻曲，湖上何人为扣舷[3]！

三

妾愿为云逐画樯[4]，君言十日看归航。

恐君回首高城隔，直倚江楼过夕阳[5]。

注释

1　原诗九首，此选三首。亚卿，姓葛，作者友人。这几首七绝是作者听他讲述了自己的爱情故事后所作。作者还有《代妓送葛卿》诗，此诗所写之女子，或即此人。原诗九首都是拟女子口吻，写与情人相别和别后的相思。

2　这是原第五首，用海潮送泪表现别后相思的无比深重，比喻新奇，真切感人。

3　这是原第六首，全诗四句，三句写船，而每次情况不同，构思精巧而自然，感情真挚而深厚，堪称优秀之作。新翻曲：新谱写的歌曲。舷：船舷，船的边沿。末句是说因为情人不在，女子歌唱时无人叩击船舷以为节拍。

4　这是原第八首，写离别时依依不舍的情景。樯：船上的桅杆，代指船。这句是说女子愿化为彩云随船而去。

5　“恐君”二句：是说开船以后，女子恐情人回头望她，被高城阻隔，因此倚在江边的楼上，直到夕阳落山方才离去。从对方着笔，不仅写了对方回望自己，也写了自己伫望情人，比单从自己着笔，更有表现力，更富诗情画意。

沈园二首[1]

［宋］

陆 游

一

城上斜阳画角哀[2]，沈园非复旧池台。
伤心桥下春波绿，曾是惊鸿照影来[3]。

二

梦断香消四十年，沈园柳老不吹绵[4]。
此身行作稽山土，犹吊遗踪一泫然[5]！

注释

1　沈园在山阴（今绍兴市）城西南四里，禹迹寺南。据宋人陈鹄《耆旧续闻》、周密《齐东野语》和《香东漫笔》（《宋人轶事汇编》引）等书记载，陆游初娶舅父唐闳之女唐琬，夫妻感情甚笃，因陆母不喜欢唐氏，被迫离异，陆游再娶王氏，唐琬改嫁赵士程。绍兴二十五年（1155）一次春游，二人在沈园重逢，唐琬遣人送酒肴致意，陆游"怅然久之"，为作《钗头凤》词题沈园壁，唐琬曾和作一首，中有“世情恶，人情薄”之句。不久唐琬即抑郁死去。四十余年后，宋宁宗庆元五年（1199），陆游已七十五岁，再到沈园，人逝物非，悲感万端，又作了《沈园二首》，凭吊遗踪。表达对唐琬的沉痛悼念。

2　画角：有采绘的号角。用竹木或皮革制成，形如竹筒，本细末大，其声哀厉高亢，军中多用以警昏晓。

3　惊鸿：是用鸟的疾飞形容女子体态轻盈。曹植《洛神赋》：“翩若惊鸿，婉若游龙。”诗中借指唐琬。

4　梦断香消：喻指唐琬死去。绵：柳絮。

5　“此身”句：作者说自己也行将死去。稽山：即会稽山，在绍兴市东南十三里。泫（xuàn）然：伤心流泪的样子。

| 延伸阅读 |

钗头凤·世情薄

［宋］唐　婉

世情薄，人情恶，
雨送黄昏花易落。
晓风干，泪痕残。
欲笺心事，独语斜阑。
难，难，难！
人成各，今非昨，
病魂常似秋千索。
角声寒，夜阑珊。
怕人寻问，咽泪装欢。
瞒，瞒，瞒！

乐 府[1]

[宋]

许 棐

一

妾心如镜面，一规秋水清[2]。
郎心如镜背，磨杀不分明[3]。

二

郎心如纸鸢[4]，断线随风去。
愿得上林枝[5]，为妾萦留住。

注释

1 这是学习南朝民歌的恋歌，比喻新颖，写女子的痴情。

2 规：圆形，指整个镜面。

3 杀：表示程度极深的表态副词，犹“死”。

4 纸鸢（yuān）：即风筝，形状似鸢（老鹰）。

5 上林：即上林苑，汉宫苑名。诗中指树林。

吴 歌[1]

[明]

刘 基

承郎顾盼感郎怜，准拟欢娱到百年[2]。

明月比心花比面，花容美满月团圆。

注释

1 《吴歌》是江南地区的歌曲，南北朝时期就产生了大量作品。本篇原为五首，这里所选为第二首，诗中用美好的比喻，表现女子对美满爱情的憧憬。

2 承：承受，受到。准拟：定拟，定要。

竹枝词[1]

[明]

高启

枫林树树有猿啼，若个听来不惨凄[2]。
今夜郎舟宿何处，巴东不在定巴西[3]。

注释

1　这是一首民歌体的诗。诗从女子想象情郎舟行所在的惨凄情景，为他担心；由此引出末两句计算行程，与“计程今日到梁州”笔法相同，但此诗利用巴东巴西在音节（叠用“巴”字）和地理方位（东西）的联系，境界又与前者不同，并非完全袭用。

2　“枫林”句：化用《楚辞·招魂》“湛湛江水兮上有枫，目极千里兮伤春心”，和《水经注·江水》“故渔者歌曰：‘巴东三峡巫峡长，猿鸣三声泪沾裳”诗意。若个：哪个。

3　巴东：指今重庆市奉节县东白帝城，汉为巴东郡治所，《水经注·江水》所引“巴东三峡巫峡长”的巴东，即指此地。巴西：指巴东以西。因为诗句字数的限制，故省略言之。今四川省阆中市和绵阳市曾分别在东汉末和西晋为巴西郡治所，但其地距巴东甚远，且不在大江（长江）沿岸，与诗意不合。

妒花[1]

［明］

唐寅

昨夜海棠初着雨，数点轻盈娇欲语。
佳人晓起出兰房，折来对镜化红妆[2]。
问郎“花好奴颜好？”郎道“不如花窈窕。”
佳人见语发娇嗔：“不信死花胜活人！”
将花揉碎掷郎前：“请郎今日伴花眠！”

注释

1　此诗写小夫妻闺中嬉闹情景。妻子对花化妆，与花比美。丈夫为了逗惹妻子，有意说人不如花，引得妻子大发脾气，富有生活情趣。“不信死花胜活人”确实为妙语。唐无名氏《菩萨蛮》云：“牡丹含露真珠颗，美人折向庭前过。含笑问檀郎：‘花强妾貌强？’檀郎故相恼：‘须道花枝好。’一面发娇嗔，碎挼花打人。”本篇即由此词脱胎而成，但又有所变化。

2　兰房：与兰室、兰闺意同，闺房的美称。红妆：指女子盛妆。

子夜四十歌（选一首）[1]

［明］

李梦阳

春歌

共欢桃下嬉，心同性不合。

欢爱桃花色，妾愿桃生核[2]。

注释

1　此题共诗八首，这首《春歌》是它的第一首。诗中以一对相恋的男女对桃的爱好不同为喻，写出男子爱悦女子的容颜，希望她永远年轻美丽，女子则希望他们的爱情早日结出果实，真实生动地表现出对爱情的不同心理。

2　生核：指结子。喻生子。

竹枝词[1]

[明]

王叔承

月出江头半掩门，待郎不至又黄昏。

深夜忽听巴渝曲，起剔残灯酒尚温[2]。

注释

1 此诗写女子盼望情人。从月出盼起，直到深夜，酒还是温的，其间不知烫过多少次；恩情之深，盼望之切，闻《竹枝》知情人到来时的喜悦，均从这“温”字透出，极含蓄有味。

2 巴渝曲：指《竹枝词》。巴渝：泛指今重庆一带，古代这里为渝州，治所在巴县，即今重庆市。

古　意[1]

［明］

谢　榛

青山无大小，总隔郎行路。

远近生寒云，愁恨不知数[2]。

注释

1　古意：是从意境和风格方面模拟古乐府的意思。大大小小的青山，阻隔情郎的来路，远处近处的寒云，遮住女子的望眼，两者都增添女子的愁思。语极浅极简，而味极深长，极得古乐府的风神。

2　寒云：阴暗的云。既言遮住望眼，也以烘托女子的凄凉愁苦心情。

赋得隔水楼高[1]

[明]

王彦泓

一寸心期百尺楼，明河界作两边秋[2]。
移开月扇朝云出，掩过银屏夜月收[3]。
鬓态易迷花影乱，衣香暗接水光浮[4]。
残阳没后寒灯小，各自垂帘背雨愁[5]。

注释

1　王彦泓的《疑雨集》中，共有《无题诗》二十几首，还有不少类似《无题》，他是有意学习唐代李商隐的诗人，在作者家乡（江苏金坛）江南一带有相当影响，其作品“江左少年传写，家藏一帙”（严绳孙《疑雨集序》）。但他的作品多写狎妓，多从感官着笔，成就远不能同李商隐相比，只有少数篇章还可一读。此诗《疑雨集》原编为戊午年（明万历四十六年，1618）诗，虽有诗题，实际与《无题》相类，写作者同一女子互相心许而不得相会的怅惘，是较为清新之作。

2　一寸：指心，谓心居胸中方寸之地。心期：两相期望心许。

《南史·向柳传》："柳曰：'我与士逊（颜峻）心期久矣，岂可一旦以势利处之？'"李商隐《七月二十九日崇让宅宴作》："岂到白头常只尔，嵩阳松雪有心期。"明河：既指河道，又暗用银河的典故，把作者同所爱女子隔楼相望而不能相会比作天上的牛郎织女隔河含情相望而不能会合。界：隔开，隔断。

3　月扇：洁白的圆形扇子，见前《团扇歌》注。"朝云""夜月"既指云彩、月光，又兼喻女子的美丽。"朝云"还暗用巫山云雨（见前《山鬼》注）典，隐喻两人望能幽会。两句写女子从朝至夜的寂寞孤栖生活。

4　鬓态：鬓发的姿态，借指容颜，是说女子容颜似花，同花相映，使人难以分辨。下句是说她的衣上熏香的香味顺着河水传了过来。

5　"残阳"二句：呼应首联，用夜雨渲染，即李商隐《春雨》"红楼隔雨相望冷"意境，景象更加凄迷。全诗虽写作者隔河凝望女子情景，从首联"心期""两边秋"，末联"各自"看，实际是二人相对凝望。

无　题[1]

[明]

王彦泓

几层芳树几层楼，只隔欢娱不隔愁。

花外迁延惟见影，月中寻觅略闻讴[2]。

吴歌凄断偏相入，楚梦微茫不易留[3]。

时节落花人病酒[4]，睡魂经雨思悠悠。

注释

1　本篇《疑雨集》原编为己未年（明万历四十七年，1619）诗，写对所爱女子的咫尺天涯之恨。首联芳树、层楼，重重阻隔，点出可望而不可即，是一篇主旨，下面从花外月下瞻望寻觅，到夜梦相思，都是申说这层意思。最后归结到不堪思念而病酒，用无边春雨把万缕情丝烘染得悠长不尽。通篇全从人物心理着笔，绝无感官描写，比较朴素自然，这在《疑雨集》中是很为难得的。缺点是诗意浅露，不如李商隐的深情绵邈。

2　迁延：犹"徜徉"，徘徊。句意谓因为花树层楼阻隔，只能模糊地看见人影。讴：歌声。

3　吴歌：泛指吴地的歌，参见前《吴歌》注。吴歌轻柔，多讲男女情事，诗中既写女子歌声动听，也谓它触动人的情思。“偏相入”点出夜深不眠。楚梦：用宋玉《高唐赋》《神女赋》楚王梦见同巫山神女幽会事，指男女幽会的梦。

4　时节落花：即落花时节，指暮春。病酒：饮酒沉醉，像得病一样。

| 延伸阅读 |

夜得二绝寄子华

［宋］陆文圭

难鸣风雨思君子，雁过潇湘忆故人。

别去情怀浑欲醉，梦回诗笔已如神。

和端己韵[1]

［明］

王彦泓

游丝摇曳燕飞翔，漾絮浮花正满塘[2]。

髻样翻新应爱短，情函道旧不嫌长[3]。

离魂路有云千叠，隔泪人如水一方[4]。

最是不堪情味处，残春时节更残阳。

注释

1 本篇《疑雨集》原编为己巳年（明崇祯二年，1629）诗，抒写春日对所爱女子的怀念。端己为作者叔父，作者题赠唱和他的诗甚多。

2 游丝：旧说指飘荡的蛛丝。据近人研究，春天鸟儿受热气流驱使，不断升上高空，高空气压骤然减小，鸟儿因体内压强而爆炸，身体变成液体落下，成为丝状物。可备一说。絮：柳絮。

3 情函：情书。

4 “隔泪”句：用《诗经·秦风·蒹葭》：“所谓伊人，在水一方。溯回从之，道阻且长；溯游从之，宛在水中央。”语意，写两人被水隔断，唯有流泪怀念。“离魂”“隔泪”均兼两人而言。

| 延伸阅读 |

浣溪沙

［清］纳兰性德

莲漏三声烛半条，
杏花微鱼湿轻绡，
那将红豆寄无聊？
春色已看浓似酒，
归期安得信如潮，
离魂入夜倩谁招？

读曲歌[1]

［明］

陈子龙

侬作《妾薄命》，欢乔不解读[2]。

欢作《美人行》，侬意亦未足。

注释

1 《读曲歌》是南朝乐府旧题。此诗原共十一首，本篇为第十首。诗中通过作诗，表现了女子对情人只重容貌，不重品德，不重爱情之坚贞的不满，这是在男尊女卑的封建社会中，女子的一种普遍思想。诗中写男女的心理状态极真实生动。

2 《妾薄命》：南朝乐府曲调名，其中许多歌辞“盖恨燕私之欢不久”（《乐府解题》），故情人假装（乔）“不解读”（不理解诗的含意）。

采桑度[1]

[明]

袁宏道

姊妹行四五，朝朝行采桑[2]。
青丝络笼底[3]，光艳映道傍。
去年采桑迟，今年采桑早。
只愁蚕不熟，误我嫁时袄。
采桑复采芝[4]，照水湿罗衣。
欢自不吞华，牵侬百丈丝[5]。

注释

1 《采桑度》为南朝乐府《西曲歌》曲名。此诗写女子采桑，准备嫁衣，渴望早日过幸福的爱情生活，反映了农村少女的日常生活和共同心理，画面美丽，生活气息极浓。作于万历十二年（1584）。

2 姊妹行（háng）四五：姊妹们四五人走成一行。行：行列。行采桑：去采桑。

3　笼：装桑叶的筐笼。

4　芝：芝草，即灵芝，真菌的一种。古人认为是瑞物。

5　欢：对爱人的称呼。不吞华：“华”即“花”，指灵芝。丝：是用蚕吐之“丝”，谐音思念之“思”。

|延伸阅读|

采桑度

［南北朝］乐府诗

冶游采桑女，尽有芳春色。

姿容应春媚，粉黛不加饰。

横塘渡[1]

[明]

袁宏道

横塘渡，临水步[2]。
郎西来，妾东去。
妾非倡家人，红楼大姓妇。
吹花误唾郎[3]，感郎千金顾[4]。
妾家住虹桥，朱门十字路。
认取辛夷花，莫过杨梅树。

注释

1 《横塘渡》是作者自创曲调。诗写一个女子看中一个男子，用吹花搭上茬儿，主动介绍自己的身世，邀他到家中去；她不厌其详地告诉地址，生怕记不住，表现了对他的爱怜，是一位活泼大方、聪明伶俐的女子，描写极生动。

2 步：水边停船的地方，通作“埠”。

3 唾郎：暗用李煜《一斛珠》“烂嚼红茸，笑向檀郎唾”

语意（红茸是刺绣所用的丝线，也叫“茸线”）。是表示倾慕的有意行为，说“误”不过是遁词。

4　千金顾：谓一顾之可贵、难得。南朝宋鲍照《代白纻曲》：“千金顾笑买芳年。”唐韩愈《刘生》：“千金邀顾不可酬，乃独遇之尽绸缪。”顾：回头看。

|延伸阅读|

一斛珠

［南唐］李　煜

晚妆初过，沉檀轻注些儿个。

向人微露丁香颗，

一曲清歌，暂引樱桃破。

罗袖裛残殷色可，

杯深旋被香醪涴。

绣床斜凭娇无那，

烂嚼红茸，笑向檀郎唾。

采莲曲[1]

[明]

叶小纨

一

棹入波心花叶分，花光叶影媚晴曛[2]。
无端捉得鸳鸯鸟[3]，弄水船头湿画裙。

二

女伴今朝梳裹新，迎凉相约趁清晨。
争寻并蒂争先采，只见花丛不见人[4]。

注释

1 叶小纨是明末女文学家沈宛君（名宜修）的女儿，工诗词，精曲律。此诗通过少女捉鸳鸯逗弄，表现她对美好爱情的向往，辞意新颖，整首诗的画面也极美。

2 晴曛（xūn）：晴暖的夕阳。曛：落日的余光。

3 鸳鸯：比喻夫妻。

4 此首通过采莲表现少女对美好爱情的渴望。末句写人同花一样美丽。

竹枝词[1]

［明］

沈曼君

一

北牖清香带雨来，竹间小筑望郎台[2]。
花神知妾无情思？不使荷花并蒂开[3]。

二

妾住横塘小有天，数枝垂柳绿于烟[4]。
深池浅池俱种藕，要使郎君多见莲[5]。

注释

1　这是两首恋歌，第一首写女子望郎不至的怅惘，第二首写女子对情人的无限怜爱。

2　牖（yǒu）：窗户。“竹间”句：谓在竹间高处望郎。

3　花神：掌管百花之神。思：作名词。并蒂荷花喻相爱之男女。末句谓情人未至。“花神”两句说，难道是花神知道我没有情思吗？要不为什么不使他到来呢。

4　横塘：地名，在江苏省苏州市西南，作者为苏州人。小有天：原指山西省阳城县西南王屋山洞，道家号为小有清虚之天。后来泛指名胜之地。烟：烟草，烟雾笼罩下的绿色草丛。

5　莲：谐音“怜”（爱）。

｜延伸阅读｜

竹枝词

［清］方　文

春水新添几尺波，泛舟小妇解吴歌。

笑指侬如江上月，团圆时少缺时多。

绝　句[1]

［明］

小　青

稽首慈云大士前，莫生西土莫生天[2]。

愿为一滴杨枝水，洒作人间并蒂莲[3]。

注释

1　小青，相传为杭州人冯玄玄，字小青。能诗，善音律。十六岁嫁冯千秋为妾，大妇不容，迁居孤山，抑郁而死，西湖中有小青墓。《虞初新志》所收无名氏《小青传》，载有她的事迹和部分作品。钱谦益《列朝诗集》以为并无此人，所传事迹和作品，均系假托。本篇写作者饱尝婚姻的痛苦，因而希望世人能过着幸福的爱情生活，其中隐含着作者的血泪。

2　稽（qǐ）首：叩头到地，是最恭敬的跪拜礼。慈云：佛家语，喻慈心广大，覆于一切，像云一样。大士：指观音大士，即观世音菩萨。“大士”是菩萨的泛称。西土：佛家所谓西方极乐世界。这句是说不愿成佛成仙。

3　杨枝：传说观音菩萨手执净瓶，内盛甘露，插有杨枝，以杨枝蘸露洒之，可以消灾解难造福。并蒂莲：比喻夫妻。

无　题[1]

［明］

梁玉姬

忆郎瞥见在春郊，欢极轻将翠袖招。

近觑庞儿原不是，羞生双颊晕难消[2]。

注释

1　此诗写错认情人，极生动有致。

2　庞儿：脸庞。

柳絮词[1]

[明]

钱谦益

白于花色软于绵，不是东风不放颠[2]。

郎似春泥侬似絮，任他吹著也相连。

注释

1　此诗写女子希望同情郎相亲相爱，一刻也不分离。末两句比喻新奇，绰有情致。

2　放颠：指柳絮被东风吹得四处飞舞。颠：旧同“癫”，癫狂。

子夜词[1]

［清］

吴伟业

人采莲子青，妾采梧子黄[2]。

置身宛转中，纤小欢所尝[3]。

注释

1　这是用南朝乐府旧题写的恋歌，风流蕴藉，甚得乐府风神。

2　莲子：谐音“怜（爱）子”。青：谐音“亲”。诗中用青的莲子隐喻爱情刚刚开始。梧子：梧桐子。谐音“吾子”。这句用梧子已黄喻爱情已经成熟。

3　宛转：有圆转意。诗中以梧子的仁包于壳中，隐喻置身于欢的怀抱。纤小：指梧子的仁，女子自喻。欢：女子对情人的称呼。尝：品尝。

船中曲[1]

[清]

吴嘉纪

侬是船中生，郎是船中长。

同心苦亦甘，弄篙复荡桨。

注释

1 此题共十一首，本篇为第四首，写一对青年渔民的美满爱情。“同心苦亦甘”是劳动者爱情的坚实基础，也是它的典型特色。末句写男的撑篙、女的荡桨，仅五个字就写出了他们的和谐、幸福和欢乐，画面极美，极富概括力。

鸳鸯湖棹歌[1]

［清］

朱彝尊

风樯水槛尽飞花，一曲春波潋滟斜[2]。

北斗阑干郎记取，七星桥下是儿家[3]。

注释

1　鸳鸯湖：又名南湖，在浙江省嘉兴市城南三里。“棹歌”就是船歌。此题共一百首，描写水乡生活。此首写少女向情人告知自家的住处，让他前去找她。她生怕情人记不清楚，特别举出与自己住处的桥同名的星宿，反复叮咛，要他牢牢“记取”，表现了对情人的深情，极富生活气息。

2　水槛：船边的栏杆。飞花：指柳絮飘落船上。一曲：指棹歌。斜：指行船时船后斜形水波。

3　北斗：北斗七星。阑干：横斜的样子。

长干曲[1]

［清］

王夫之

秦淮通北固，流月带潮来[2]。

郎今渡京口[3]，日暮使人猜。

注释

1 《长干曲》是古乐府曲调名。此诗由潮、月引起联想，写在秦淮河旁边居住的一个女子盼望情郎归来的心情，极含蓄有致。

2 秦淮：秦淮河，在江苏省西南部，流经南京市区注入长江。北固：山名，在镇江市北，濒临长江。北固有水路通秦淮河，故说能将月光和潮水流来。

3 京口：即镇江市。这两句是倒装，意思是，日暮时真使人猜度，也许情郎今天会渡江到京口，由水路回到秦淮河来吧！

花　前[1]

［清］

屈大均

花前小立影徘徊[2]，风解罗裙百折开。
已有泪光同白露，不须明月上衣来。

注释

1　此诗写女子月下怀念所爱之人的情景。诗中用冷月、凉露、寒风衬托女子的孤独身影，造成一种凄凉的气氛，加重渲染出她的凄苦心情。

2　小立：短暂的伫立。影：指人影。谓女子小立片刻，又徘徊起来，如此反复不已。

柳枝词[1]

［清］

屈大均

郎情柳叶短，妾意柳枝长。

愿作柳花飞，随郎还故乡。

注释

1　此诗写女子对情郎的痴心的爱。全诗四句，三句分别用柳叶、柳枝、柳花作比喻，构思别致，生动可爱。

古别离[1]

[清]

屈大均

日暮西风起，吹侬两泪飞。

那能如白露，一路洒郎衣！

注释

1　《古别离》为六朝乐府旧题。此诗全从别泪着笔，写女子同情人分别时的痛苦心情。她希望自己的泪水变成白露，同情人永不分离。情深如海，至为感人。

莲丝曲[1]

［清］

屈大均

莲丝长与柳丝长，歧路缠绵恨未央[2]。

柳丝与郎系玉臂，莲丝与侬续断肠。

注释

1　此诗借古代折柳赠别的习俗，采用双关比喻的手法，把女子与情人分别时的依依不舍写得凄婉缠绵。

2　“柳丝”“莲丝”的“丝”均谐音“思”，“莲”谐音“怜（爱）”，语意双关。歧路：三岔路口，分手之处。王勃《送杜少府之任蜀州》：“无为在歧路，儿女共沾巾。”未央：未尽。

采莼曲[1]

［清］

屈大均

采莼临浅流，采莲在深渚[2]。

欢似莼心滑，那识莲心苦[3]！

注释

1　这是模拟六朝乐府《采莲曲》之类的情歌，原题共四首，本篇为第三首，写女子摸不透情人心思的怨恨。

2　莼（chún）：也称莼菜，水生蔬菜名，草本，长在湖沼浅水中，嫩叶可食。“莲”和下文“欢”见上一首注。深渚：此指深水处。

3　莼心滑：宋陆佃《埤雅》：“莼逐水性滑。”两句是比喻，谓情人的心像莼心逐水漂流不定，哪里知道爱他的人心里的痛苦。

采莲曲[1]

[清]

蒲松龄

两船相望隔菱茭[2]，一笑低头眼暗抛。

他日人知与郎遇，片言谁信不曾交。

注释

1　此诗写少女含笑低头、以眼传情，神情如画。

2　菱、茭：菱角、茭白，两种水生植物，菱的果实可食，茭白可作蔬菜。

杨柳枝词[1]

［清］

厉鹗

玉女窗前日未曛，笼烟带雨渐氤氲[2]。
柔黄愿借为金缕，绣出相思寄与君[3]。

注释

1 《杨柳枝》为乐府《近代曲》名。此诗写女子相思，妙在以柳喻人，使人不觉。那笼烟带雨的柔美的杨柳，正是相思缠绵的少女的绝妙写照。

2 玉女：美女。喻指杨柳，亦以喻诗中女子。氤氲：水气烟雾弥漫浮动的样子。

3 柔黄：指柔嫩的柳枝。金缕：金线。

江上竹枝词[1]

[清]

姚鼐

东风送客上江船，西风催客下江船[2]。

天公若肯如侬愿，便作西风吹一年[3]！

注释

1 《竹枝》为民歌曲调名。此诗以西风为喻，表达女子不忍同情人相别的强烈感情，语绝精警。

2 上江：逆江而上。下江：顺江而下。江：指大江（长江）。

3 侬：我，吴语。诗中女子自称。从诗意看，情人在女子所居的上游。

别　意[1]

［清］

黄景仁

别无相赠言，沉吟背灯立[2]。

半晌不抬头[3]，罗衣泪沾湿。

注释

1　此诗通过后三句姿态表情的描绘，把女子同情人离别时“心中千种恨，尽在不言中”的境界，形象地展现了出来。作者诗词集《两当轩集》编为二十岁（即乾隆三十二年，1767）以前的作品。

2　沉吟：沉思体味。

3　半晌：很大一会儿。

感旧四首[1]

［清］

黄景仁

一

大道青楼望不遮，年时系马醉流霞[2]。

风前带是同心结，杯底人如解语花[3]。

下杜城边南北路，上阑门外去来车[4]。

匆匆觉得扬州梦，检点闲愁在鬓华[5]。

二

唤起窗前尚宿酲，啼鹃催去又声声[6]。

丹青旧誓相如札，禅榻经时杜牧情[7]。

别后相思空一水，重来回首已三生[8]。

云阶月地依然在，细逐空香百遍行[9]。

三

遮莫临行念我频，竹枝留涴泪痕新[10]。

多缘刺史无坚约，岂视萧郎作路人[11]。

望里采云疑冉冉，愁边春水故粼粼[12]。
珊瑚百尺珠千斛，难换罗敷未嫁身[13]。

四

从此音尘各悄然，春山如黛草如烟[14]。
泪添吴苑三更雨，恨惹邮亭一夜眠[15]。
讵有青乌缄别句，聊将锦瑟记流年[16]。
他时脱便微之过，百转千回只自怜[17]。

注释

1　这四首感怀旧事的诗，《两当轩集》编为二十岁以前之作。它肯定是写作者的一次恋爱经历，但具体情况已难详考。有人认为是作者自述读书宜兴氿里（氿，音 jiǔ。宜兴有东氿、西氿，皆湖名）的往事，但缺乏具体材料。黄仲则（景仁字）是李商隐以后最杰出的爱情诗人，他的这类作品，风格也同李商隐最为接近。最大的特点是着力描写人物的心灵，常常通过一些典型细节，揭示人物的内心世界，很少写容貌衣饰，而其人之美丽自然显现，更不去写低级庸俗的声色之娱，格调甚高。所写多是悲剧性的恋情，感情真挚深沉，情调低回婉转，极往复唱叹之致。此诗和作者其他同类优秀作品，也是我国爱情诗中的不朽之作。现代作家郁达夫的小说《采石矶》对此诗有细腻描述，可以帮助领略此诗的意境。

2　此首写与女子相遇定情。青楼：泛指富丽豪华的楼。遮（古音 zhā）：属“麻”韵。年时：旧年时。流霞：仙酒名。晋葛洪《抱朴子·祛惑》：“仙人但以流霞一杯，与我饮之，辄不饥渴。”两句回忆从前骑马赴女子所居，远远即望见矗立路旁的女子居住的青楼，作者系马楼前，同女子一起共饮美酒。

3　同心结：用锦带打成的连环回文式的结子，古诗中将用来象征男女相爱。解语花：五代王仁裕《开元天宝遗事》：“明皇（唐玄宗李隆基）秋八月，太液池有千叶白莲数枝盛开，帝与贵戚宴赏焉。左右皆叹羡久之。帝指贵妃（杨玉环）曰：‘争（怎）如我解语花。’”后因以喻指美女。两句写宴饮定情：女子的衣带打成同心结在风前飘动，她高举酒杯，杯下的人像能解语的鲜花。

4　下杜：城邑名，在陕西省西安市雁塔区。上：即“上”，观名，在西安市长安区西上林苑中。下杜、上阑均为长安繁华之地，诗中借指女子居处附近地方，谓作者常常骑马乘车经过此处，去与女子相会。

5　扬州梦：杜牧《遣怀》：“十年一觉扬州梦，赢得青楼薄幸名。”写在扬州的纵酒狎妓生活。诗中借指作者同所爱女子相爱情事，非指其事发生在扬州。检点：查点。鬓华：指鬓边花白的头发。两句是写诗时的悲慨：追思往事，已成匆匆一梦，它留给人的无限愁思，已经变成鬓边的星星白发。

6　此首写离别和别后相思。酲（chéng）：酒醒后所感觉的疲惫如病的状态。啼鹃：即杜鹃，传说它是蜀国国君望帝所化，啼声似说“不如归去”。两句暗用韩愈《赠同游》“唤起窗全曙，催归日未西”语，意谓因为作者酒醉不醒，而分别的时刻已到，所以被人从窗前唤醒；醒来后还带着昨夜的醉意，而杜鹃声声，又在催人归去。

7　丹青：丹砂和青雘（hù），两种可制颜料的矿石。因不易褪色，诗中以喻爱情的坚贞。相如札：汉代著名文学家司马相如，曾以琴声挑逗卓文君私奔，相传他作的《琴歌》，有“何缘交颈为鸳鸯，胡（何）颉颃兮共翱翔”之句。（见《乐府诗集·琴曲歌辞四》）诗中即指结为夫妻的誓言。禅榻：僧人坐禅的床。唐代诗人杜牧《题禅院》云：“今日鬓丝禅榻畔，茶烟轻飏落花风。”谓自己已无男女情爱之心。“丹青”两句说，丹青写下的坚贞不渝的誓言宛然犹在，但时光流逝，自己已像对禅榻而致慨的杜牧那样，情爱之心已经泯灭了。

8　三生：佛家语，即“三世”，指前生、今生、来生。传说唐代李源与僧人圆观友好，圆观同李约定，待他自死后十二年中秋月夜，在杭州天竺寺相见。李如期到寺前，有一牧童唱道：“三生石上旧精魂，赏月吟风不要论（lún）。惭愧情人远相访，此身虽异性长存。”此牧童就是圆观的托身。后来因用“三生”或“三生石”指因缘前定。“别后”两句说，别后盈盈一水阻隔，空自互相思念，今日旧地重游，回首前事，恍如已隔三生。言外之意是，要与女子缔结同心，只有等待来世了。

9　云阶月地：以云为阶，以月为地，原指天上。杜牧《七夕》：“云阶月地一相过，未抵经年别恨多。”黄诗即用此诗语意，把两人从前相会的高楼比作天上的仙境，并暗含两人如牛郎织女长年相思而不得相会之意，且与下句“空香”呼应。空香：

因感情之深厚，沉思之深切，以致恍惚觉得空中还飘散着昔日女子的肌肤、脂粉、衣香所具的那种香气。“云阶”两句说，从前相会的地方依然如故，我追寻着她飘散在空中的香气，低回徘徊，百遍巡行。

10　此首由别时的依依不舍引出自己未能如约前往，以致女子从嫁他人的悔恨。遮莫：莫要，切莫。竹枝留涴：用的是舜妃娥皇女英痛哭舜死，泪竹成斑的典故，参见前《湘君》注。涴（wò）：沾污。两句追思别时情景，意谓临行时我万般抚慰，劝她不要频频呼唤我而过于伤悲；她痛苦不已，竹上新渍下她的斑斑泪痕。

11　多缘：多因，多半由于。刺史：指杜牧，用他和湖州女子事，见前《叹花》注。诗中借指作者。坚约：坚定的誓约。萧郎：泛指女子所爱恋的男子。唐崔郊《赠去婢》：“侯门一入深如海，从此萧郎是路人。”路人：陌路的人，素不相识的人。“多缘”两句说，只恨我像刺史杜牧那样没有订下坚约，她哪里会把我当作陌路之人呢？

12　采云：喻指所爱的女子。宋晏几道《临江仙》：“当时明月在，曾照采云归。”冉（rǎn）冉：慢慢行进的样子。粼（lín）粼：清澈的样子。“望里”两句说，望中彩云慢慢飘来，疑是她的身影；那无边的粼粼春水，像是荡漾着我的无尽愁情。融情入景，景象绝美，情致无穷。

13　斛（hú）：容器名，古代以十斗为一斛，南宋末年改为五斗。罗敷：古代美女。汉乐府《陌上桑》：“秦氏有好女，自名为罗敷。”原诗罗敷已有夫婿。此诗借指作者所爱的女子。“珊瑚”两句说，纵使有珍贵无比的百尺珊瑚、万斛明珠，也难换取她的未嫁之身。谓她已为人作妇，两人只有抱恨终身。

14　此首写作者和女子两人抱恨无穷。音尘：音信。悄然：静寂无声。“从此”两句说，从此两人音信杳无，相思无尽，看见春山，就浮现出她的秀眉，草色如烟，有似无边的愁绪。

15　吴苑：吴地的园林。代指女子的新居。邮亭：古代设在沿途供送文书的人和旅客歇宿的馆舍。两句上承首句“各”字，分写二人，意谓她在新居伤心流泪，泪水加大了三更的雨水；我奔波于道路，抱恨栖宿邮亭，一夜难眠。景象凄凉无限，烘托了两人的愁苦心情。

16　青乌：即青鸟，因诗律次字须平声，故改用“乌”。传说中仙人西王母的使者。缄：封，此处特指书信。别句：表达伤别相思的诗句。锦瑟：指李商隐的《锦瑟》诗，首二句云：“锦瑟无端五十弦，一弦一柱思华年。”“记流年”语意即本此。诗中以《锦瑟》借指作者这篇《感旧四首》，上句的“别句”亦指此。两句意谓，因为两人不通音问，自己的诗句无法请人传递给她，只好聊且用它记录已经逝去的年华，以作纪念，排遣心中的愁恨。

17　脱：倘使，或许。微之：唐代诗人元稹，字微之。曾作《会真记》，写莺莺同张生恋爱，被张遗弃，嫁为人妇。后张生路过其家，求见，莺莺不出，潜赠一诗云：“自从消瘦减容光，万转千回懒下床。不为旁人羞不起，为郎憔悴却羞郎。”张生实为元稹自谓。此诗以微之借指作者，莺莺借指所爱女子，是说即使他日我重过她的新居，她也会像莺莺那样百转千回，怨恨自伤，不会出来相见了。谓今生今世，再也不能相见，只有抱恨以终。

感旧杂诗（选二首）[1]

［清］

黄景仁

一

风亭月榭记绸缪，梦里听歌醉里愁[2]。
牵袂几曾终絮语，掩关从此入离忧[3]。
明灯锦幄珊珊骨，细马春山剪剪眸[4]。
最忆濒行尚回首，此心如水只东流[5]。

二

非关惜别为怜才，几度红笺手自裁[6]。
湖海有心随颖士，风情无奈逼方回[7]。
多时掩幔留香住，依旧窥人有燕来[8]。
自古同心终不解，罗浮冢树至今哀[9]。

注释

1　这也是追述作者个人恋爱经历之作，所写同《感旧四首》可能为一事。原诗也是四首，此选第一、第四两首。《两当轩集》编为二十一、二十二岁所作。

2　此首由作者同所爱女子在一起的缱绻情深，写到别后的刻骨相思。榭：建在高土台上的敞屋。绸缪：犹缠绵，情意深厚。两句回忆作者同所爱女子风前月下在亭榭中恩爱相处，而分别在即，又使人伤悲，作者梦中也听到她在唱歌，醒来以酒浇愁，醉里也难遣愁怀。

3　袂（mèi）：衣袖。几曾：何曾。“几”犹“何”。絮语：连续不绝地低声谈话。掩关：关上门户。“牵袂”两句说，临别时女子牵着作者衣袖说不尽心里的话，分别以后，两人唯闭门相思，陷入无限的离愁之中。

4　锦幄：锦缎作的帷幕。“明灯锦幄”写女子居室的华丽。珊珊：形容衣裾玉佩的声音。代指所爱的女子。骨：谓消瘦。这句写女子寂寞孤独，为相思而瘦损。细马：指瘦马。剪剪：形容风轻微而带有寒意。眸：此指眼睛。这句谓作者在旅途中策马春山，迎着细细的寒风凝目遥望所爱的女子。两句全以景物叙事抒情，景情绝佳，笔致直追李商隐。

5　濒（bīn）行：临行。回首：指女子送作者上路后，归去时尚频频回顾。写两人依依不舍之情。末句是说作者怀念女子之心如水之东流，永无穷尽。

6　此首写别后的痛苦和作者对所爱女子的至死不渝的深情。怜才：爱才。变用萧颖士奴仆典，详见注释7。又杜甫《不见》："不见李生（李白）久，佯狂真可哀。世人皆欲杀，吾意独怜才。"景仁天才横溢，当时即很有诗名，但纵酒傲物，被人目为"狂生"，乡试不中。此处当含有作者的身世感慨。寻常相别，犹使人难受，与才人相别，自然更加痛苦，这是深一层写别离之根。红笺：桃红色的诗笺。韩偓《偶见》："小叠红笺书恨字，与奴方便寄卿卿。"这句说女子多次亲手为作者铺叠诗笺。

7　颖士：唐代文学家萧颖士。《新唐书·萧颖士传》说他博闻强记，才华过人。有一奴奉侍颖士十年，笞楚严惨，有人劝他离开，他回答说："非不能，爱其才耳。"此与首句"怜才"呼应。风情：男女相爱的情怀。方回：元代作家，曾编选《瀛奎律髓》。家贫而好读书作诗，仇仁近赠他的诗有"老尚留樊素（白居易侍妾），贫休比范丹"之句。颖士、方回均为作者自况。"湖海"两句说，女子有意跟随自己泛舟湖海，可惜我虽然很重风情，但因为家贫，无法携之同往。

8　多时：几多时。这三字贯穿两句。掩幔留香住：掩上幔幕将炉中熏香的香气留住。陆游诗："重帘不卷留香久，古砚微凹聚墨多。"这句是说女子掩幔独居，断绝一切交往。燕：语意双关，既指燕子，又借指作者。张祜《洞房燕》："清晓洞房开，佳人喜燕来。……暗语临窗户，深窥傍镜台。"这句说不知自己何时才能回到她的身边。

9　同心：指男女相爱。罗浮冢树：罗浮：山名，在广东省增城、博罗、河源等地间。冢：山顶。旧题唐柳宗元《龙城录》载：隋人赵师雄一天傍晚在罗浮遇一美人，淡妆素服，芳香袭人。两人入酒家共饮，师雄醉寝，及至醒来，发现自己睡在梅花树下，上有翠鸟鸣叫相顾，夜色已深，不胜惆怅。

诗中以罗浮女子化去，喻指作者同所爱女子离散。“自古”两句说，自古以来，男女相爱的心，永远也不能分开，罗浮山上女子化去时留下的那棵梅树，至今犹使人悲哀。谓作者将永远怀念所爱女子，抱恨终身。

|延伸阅读|

西江月

［宋］李之仪

念念欲归未得，迢迢此去何求。

都缘一点在心头，忘了霜朝雪后。

要见有时有梦，相思无处无愁。

小窗若得再绸缪，应记如今时候。

绮怀（选三首）[1]

［清］

黄景仁

一

妙语谐谑擅心灵，不用千呼出画屏[2]。
敛袖掐成弦杂拉，隔窗掺碎鼓丁宁[3]。
湔裙斗草春多事，六博弹棋夜未停[4]。
记得酒阑人散后，共搴珠箔数春星[5]。

二

几回花下坐吹箫？银汉红墙入望遥[6]。
似此星辰非昨夜，为谁风露立中宵[7]？
缠绵思尽抽残茧，宛转心伤剥后蕉[8]。
三五年时三五月，可怜杯酒不曾消[9]。

三

露槛星房各悄然，江湖秋枕当游仙[10]。
有情皓月怜孤影，无赖闲花照独眠[11]。

结束铅华归少作，屏除丝竹入中年[12]。

茫茫来日愁如海，寄语羲和快著鞭[13]。

注释

1 此题原共十六首，《两当轩集》编定为二十七岁（乾隆四十年，1775）之作，时作者在寿州（今安徽省寿县）主讲正阳书院。原第四首有“中表檀奴识面初”语，当是追怀同表妹的一段恋爱经历的作品。诗作将对过去的回忆和今日的怅恨融会一起，描写细腻，不少地方还渗透了作者的身世感慨，绮丽中透着凄凉，带着浓重的抒情色彩，远远高出一般的艳诗。

2 此为原第二首，写作者同女子在一起的美好生活。妙谙（ān）：绝妙地熟知谐谑：开玩笑。擅心灵：谓绝顶聪慧机灵。“不用”句：反用白居易《琵琶行》“千呼万唤始出来，犹抱琵琶半遮面”语意。两句写女子的聪慧、活泼、大方。

3 敛袖：挽起衣袖。搊（chōu）：用手指拨弹乐器。《新唐书·礼乐志》：“旧以木拨弹，乐工裴神符初以手弹……后人习为琵琶。”杂拉（là）：形容琴音的繁促激越。掺（càn）：按一定鼓点击鼓。《后汉书·祢衡传》：“衡方为《渔阳》参挝，蹀躍而前。”李贤注：“参挝是击鼓之法。”“参”同“掺”。碎：形容鼓点细密。丁宁：同“叮咛”，形容鼓声如人叮咛碎语。

4 湔（jiān）裙：洗裙。隋杜台卿《玉烛宝典》：“元日至于月晦，民并为酺食渡水，士女悉湔裳，酹酒于水湄，以为度厄。”此与古代郑国三月上巳集于溱洧二水以祓除不祥之俗相类，是青年男女交游的极好机会。斗草：古代一种以草斗胜的游戏。宋李清照《浣溪沙》：“海燕未来人斗草，江梅已过柳生绵，黄昏疏雨湿秋千。”即写女子春日斗草。六博：古代博弈游戏，见前《子夜歌·驻箸不能食》“博子”注。弹棋：古代棋类游戏，传为西汉刘向所创。双人对局，黑白棋子各六枚，棋局以石为之，中央隆起，轮流以手弹棋决胜负。现已失传。以上四句从女子日常生活写她多才多艺、聪慧可爱。

5　酒阑：饮酒临近结束的时候。褰（qiān）：揭起。珠箔：珠帘。两句写两人亲密纯真的感情，末句极传神。

6　此首为原第十五首，全写分别后对女子的怀念，前四句写当年，后四句写眼前。化用前人句却又自成境界，表现出杰出的才思。吹箫：暗用萧史吹箫得与弄玉结为夫妇事。银汉：银河。红墙：指女子所居之处。两句意境与《诗经·郑风·东门之墠》“其室则尔，其人甚远”相近，谓作者花下吹箫，思念女子，她的居室可望见而不可到，就像天上银河一样遥远，不胜咫尺天涯之恨。“银汉”既喻远不可至，又兼含牛郎织女相望意，构思绝佳，景象绝美，意味极长。

7　“似此”二句：化用李商隐《无题》“昨夜星辰昨夜风，画楼西畔桂堂东”语意，谓星辰风露与昨夜相似，意即昨夜也在伫立思念。诗意、境界与李诗相近而有异，并不逊于李诗，历来为人称赏。

8　“缠绵”句：化用李商隐《无题》“春蚕到死丝方尽”语意，用蚕茧之丝双关情思之“思”。剥后蕉：层层剥去了蕉叶的芭蕉，喻心灵备受摧残折磨，兼指恋情和生活、政治等方面的不幸遭遇。作者不足三十五岁即贫病而逝，境况极惨。

9　三五：十五。年时：指年华。可怜：可伤，可惜。“三五”两句说，看到十五的明月，就想起她十五岁的年华，借酒消愁，也难消我胸中的无限悲愁。叠用“三五”，构思不凡。以月喻人，景美意切，而月愈明，女愈美，更反衬出作者的悲凉情怀。

10　此首为原第十六首，将爱情悲剧和坎坷身世融汇抒写，情极惨苦。露槛：带露的栏杆。星房：星光辉映的楼房。指女子原来居住的地方。景极凄凉。悄然：寂静无人。这句即人去楼空之意。秋枕当游仙：《开元天宝遗事·游仙枕》：“进奉枕一枚，其色如玛瑙，温温如玉，其制作甚朴素。若枕之，则十洲三岛，四海五湖，尽在梦中所见。帝因立名为游仙枕。”古代游仙诗常常假托男女情事，此诗也是将女子比作仙人，说作者秋夜枕上不眠，怀念着她。

11　无赖：与“有情”对文，是放刁、撒泼的意思，谓有意撩人，使不得眠。两句承上联，写思念女子，夜不能寐。

12　铅华：妇女搽脸的粉。借指描写艳情的绮丽的诗词。少作：少年时代的习作。《三国志·魏书·陈思王（曹）植传》裴松之注引杨修复曹植书：“修家子云（即扬雄，“扬”一作“杨”），老不晓事，彊（强）著一书，悔其少作。”丝竹：指音乐，泛指歌舞声色。《世说新语·言语》：“谢太傅（安）语王右军（羲之）曰：‘中年伤于哀乐，与亲友别，辄作数日恶。’王曰：‘年在桑榆（垂老之年），自然至此，正赖丝竹陶写。’”诗中反用其意。“结束”两句说，作者要将过去所作描写艳情的诗词收束起来，归入少年习作中去，以后不再写这类作品，屏除丝竹，进入中年。即将男女情爱之心扑灭。

13　羲和：神话中驾日车的神。常人均嫌时间过得太快，作者却恨其迟缓，因为感怀旧情，悲慨身世，家计艰难（作者一家经常靠朋友接济勉强维持生活），前途无望，故觉来日茫茫，全为愁海，深感生不如死，欲早完此生，绝非强作悲语。作者自知其年不永，挚友洪亮吉为作者所作《行状》说，他二十七岁时，即将刊刻遗集事托付给洪，七年以后，即奔波死于道路。郭麐《灵芬馆诗话》云："余最爱其'茫茫来日愁如海，寄语羲和快著鞭'，真古之伤心人语也！"

| 延伸阅读 |

浣溪沙

［宋］李清照

淡荡春光寒食天。

玉炉沈水袅残烟。

梦回山枕隐花钿。

海燕未来人斗草，

江海已过柳生绵。

黄昏疏雨湿秋千。

秋月寄怀韦生[1]

［清］

卫融香

江城秋气日萧森，碎尽相思两地心[2]。
岁月无情催黑发，关河有泪哭黄金[3]。
薜萝争乱芙蓉色，络纬愁兼蟋蟀吟[4]。
寄语君平情未断，章台杨柳尚荫荫[5]。

注释

1　卫融香，字绀（gàn）雪，长洲（今江苏省苏州市）人，清代名妓。起初沦为妓女，与韦子甫有终身之约。子甫外出谋生，融香坚贞自守，历尽艰险，四处寻访，终于得与子甫团聚。此诗写对韦生的怀念，感情真挚凄切，甚有感染力。

2　江城：作者居住的地方。日：日渐，一天天地。萧森：萧条衰飒。

3　催黑发：催使黑发变白。黄金：指黄金台。故址在今河北省易县东南北易水南，相传战国燕昭王筑，置千金于台上，延请天下之士。李璟《望远行》：“黄金台下忽然惊，征人归日二毛生（头发花白）。”诗中借指韦生流落之处。这两句写韦生，是说无情的岁月使他渐渐生出白发，山河也在为黄金台下漂泊不归的人流泪痛哭。

4　薜萝：薜荔和女萝，两种蔓生植物。唐释若虚《怀庐山旧隐》：“石窗应被薜萝缠。”争乱：怎乱。争：犹“怎”，诘问词。芙蓉：作者自比。此句写作者忠贞自守，不为狎客所乱。络纬：虫名，属螽斯科，俗称纺织娘，又名莎鸡。蟋蟀：虫名，俗名蛐蛐。诗中均借喻作者。这句说作者比哀吟的络纬、蟋蟀还更悲愁。

5　君平：指唐代韩翊，字君平。唐许尧佐《柳氏传》写他同柳氏相爱，别后曾寄诗柳氏云：“章台柳，章台柳，昔日青青今在否？纵使长条似旧垂，也应攀折他人手。”柳氏答诗云：“杨柳枝，芳菲节，所恨年年赠离别。一叶随风忽报秋，纵使君来岂堪折！”后柳氏被蕃将沙吒利劫去，经人帮助，与韩翊团聚。章台是汉代长安街道名。因柳氏当时居长安，故以“章台柳”喻指柳氏。此处借指作者。荫荫：青翠茂盛的样子。两句是作者告诉韦生，自己对他的情意永远不会断绝，她正像柳氏等待韩翊那样等待着他，终有一天会同他团聚。